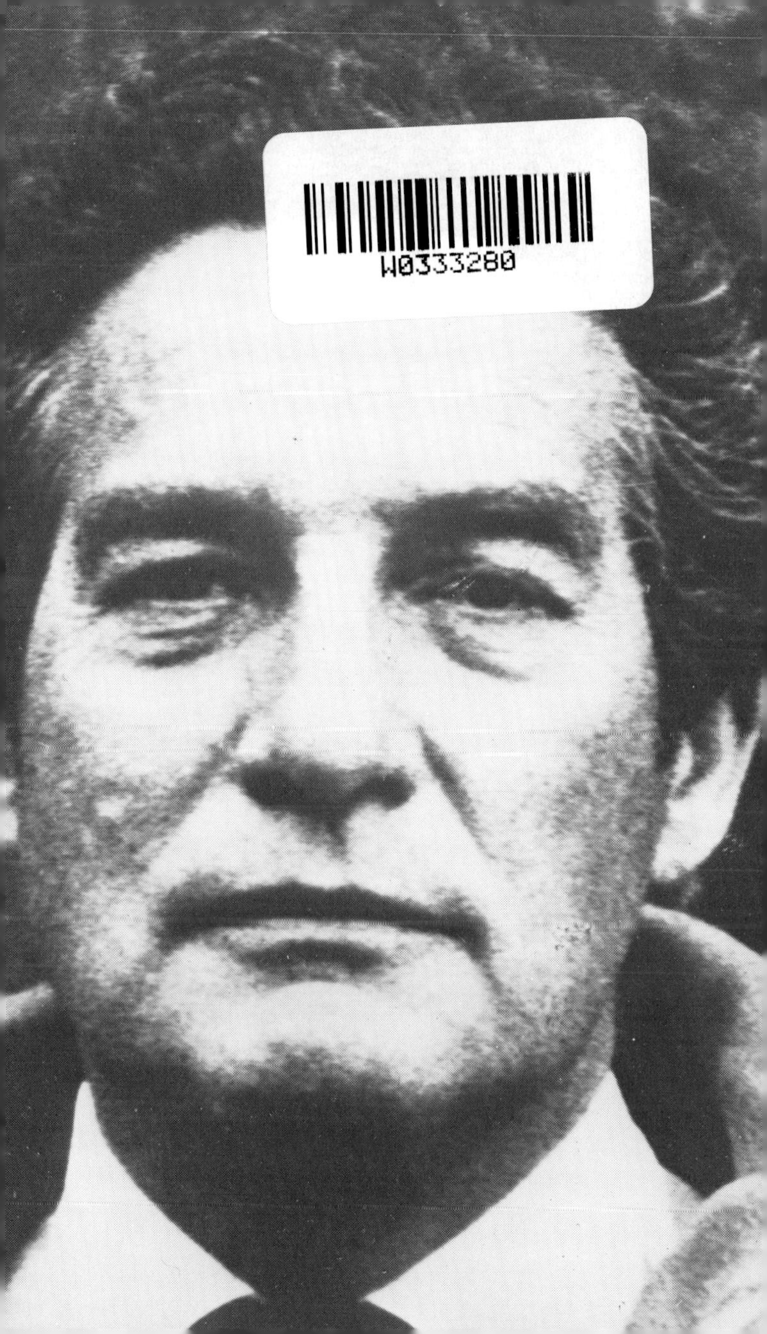

Octavio Paz

Suche nach einer Mitte

Die großen Gedichte
Spanisch und Deutsch

Übersetzung Fritz Vogelgsang
Nachwort Pere Gimferrer

Suhrkamp

Die spanischen Gedichttexte folgen der Ausgabe *Poemas* (1935-1975), Barcelona 1979

Einmalige Sonderausgabe 1996

edition suhrkamp 3321
Erste Auflage 1980

Printed in Germany.

Satz: Weihrauch, Würzburg.
Druck: Nomos Verlagsgesellschaft, Baden-Baden.
Umschlagtypographie: Willy Fleckhaus.

1 2 3 – 96

edition suhrkamp 3321

Octavio Paz, der 1990 den Nobelpreis für Literatur erhielt und als »eine der größten Gestalten in der zeitgenössischen Dichtung« gilt *(Le Monde)*, hat aus seinem umfangreichen Werk vier Langgedichte ausgewählt, gleichsam eine Summe seiner Poesie, der er den Titel gab: *Suche nach einer Mitte*. Und diese kontinuierliche Suche ist Charakteristikum seiner Dichtung, seiner Persönlichkeit, seiner Universalität. Jedes dieser Gedichte hat einen hohen persönlichen und poetischen Stellenwert. Sie alle sind Wege auf der stetigen Suche nach der Mitte.

»Octavio Paz als Literatur-Nobelpreisträger – das ist ein Glücksfall: ein unbeugsamer aufrichtiger Mensch, einer der bedeutendsten lebenden Dichter. Schön, daß er so spektakulär, daß Dichtung so geehrt worden ist.« *Süddeutsche Zeitung*

Octavio Paz wurde am 31. März 1914 ist Mixcoac/Mexiko-Stadt geboren. 1931 erste Veröffentlichungen in verschiedenen literarischen Zeitschriften. Von 1945 bis 1968 gehörte er dem diplomatischen Dienst seines Landes an. 1984 wurde ihm der Friedenspreis des Deutschen Buchhandels verliehen, 1990 wurde sein Werk mit dem Nobelpreis für Literatur ausgezeichnet.

Suche nach einer Mitte

Piedra de sol / Sonnenstein

La treizième revient . . . c'est encore la première;
et c'est toujours la seule – ou c'est le seul moment;
car es-tu reine, ô toi, la première ou dernière?
es-tu roi, toi le seul ou le dernier amant?

Gérard de Nerval, ›Arthémis‹

un sauce de cristal, un chopo de agua,
un alto surtidor que el viento arquea,
un árbol bien plantado mas danzante,
un caminar de río que se curva,
avanza, retrocede, da un rodeo
y llega siempre:
un caminar tranquilo
de estrella o primavera sin premura,
agua que con los párpados cerrados
mana toda la noche profecías,
unánime presencia en oleaje,
ola tras ola hasta cubrirlo todo,
verde soberanía sin ocaso
como el deslumbramiento de las alas
cuando se abren en mitad del cielo,
un caminar entre las espesuras
de los días futuros y el aciago
fulgor de la desdicha como un ave
petrificando el bosque con su canto
y las felicidades inminentes
entre las ramas que se desvanecen,
horas de luz que pican ya los pájaros,
presagios que se escapan de la mano,

una presencia como un canto súbito,
como el viento cantando en el incendio,
una mirada que sostiene en vilo
al mundo con sus mares y sus montes,
cuerpo de luz filtrada por un ágata,
piernas de luz, vientre de luz, bahías,
roca solar, cuerpo color de nube,
color de día rápido que salta,

Weidenbaum aus Kristall, Erle aus Wasser,
ein hoher Springquell, der sich biegt im Winde,
ein Stamm, verwurzelt, der sich löst im Tanze,
das Wandern eines Flusses, der sich windet,
vordrängt, zurückweicht, einen Umweg wandelt
und immer ankommt:
stetes stilles Wandern
eines Sterns oder Frühlings ohne Eile,
Wasser, das mit geschloßnen Augenlidern
die ganze Nacht entlang Künftiges kündet,
Gegenwart voller Eintracht im Gewoge,
Welle um Welle, alles überflutend,
grüne Erhabenheit, die niemals endet,
wie das wilde Entzücken, wenn die Flügel
frei sich entfalten inmitten des Himmels,
ein Wandern durch Gestrüpp und wirre Wildnis
der Tage, die uns noch blühn, und den finstren
Schicksalsglanz unsres Unglücks, wie ein Vogel
den ganzen Wald mit seinem Lied versteinernd,
und die harrenden Glücksbegebenheiten
zwischen den Zweigen allen, die verdunsten,
Stunden aus Licht, nach denen Schnäbel hacken,
Vorbedeutungen, die der Hand entwischen,

eine Gegenwart, jäh, wie ein Lied aufklingt,
wie der Wind, welcher singt im Feuertoben,
ein Blick, der die Welt erhält in der Schwebe,
die Erde mit den Meeren und Gebirgen,
Leib aus Licht, durch einen Achat gefiltert,
Beine aus Licht, ein Bauch aus Licht, und Buchten,
Sonnenklippe, ein Leib, wie Wolken farbig,
farbig wie ein geschwinder Tag, der losspringt,

la hora centellea y tiene cuerpo,
el mundo ya es visible por tu cuerpo,
es transparente por tu transparencia,

voy entre galerías de sonidos,
fluyo entre las presencias resonantes,
voy por las transparencias como un ciego,
un reflejo me borra, nazco en otro,
oh bosque de pilares encantados,
bajo los arcos de la luz penetro
los corredores de un otoño diáfano,

voy por tu cuerpo como por el mundo,
tu vientre es una plaza soleada,
tus pechos dos iglesias donde oficia
la sangre sus misterios paralelos,
mis miradas te cubren como yedra,
eres una ciudad que el mar asedia,
una muralla que la luz divide
en dos mitades de color durazno,
un paraje de sal, rocas y pájaros
bajo la ley del mediodía absorto,

vestida del color de mis deseos
como mi pensamiento vas desnuda,
voy por tus ojos como por el agua,
los tigres beben sueño en esos ojos,
el colibrí se quema en esas llamas,
voy por tu frente como por la luna,
como la nube por tu pensamiento,
voy por tu vientre como por tus sueños,

die Stunde funkelt und hat einen Leib,
schon ist sichtbar die Welt durch deinen Körper,
durchsichtig klar im Nu durch deine Klarheit,

ich gehe durch Klangfarbengalerien,
fließe im Widerhall der Gegenwarten,
gehe durch Klares weiter wie ein Blinder,
ein Lichtstrahl löscht mich aus, in einem andern
komme ich zur Welt, o Wald aus Zaubersäulen,
unter den Bögen deines Lichtes wandernd,
zieh ich durch Gänge eines klaren Herbstes,

wie durch die Welt geh ich durch deinen Körper,
dein Bauch ist ein Platz, in der Sonne funkelnd,
deine Brüste zwei Kirchen, worinnen das
Blut parallele Mysterien feiert,
meine Blicke bedecken dich wie Efeu,
eine Stadt bist du, die das Meer umzingelt,
eine Wehrmauer, die das Licht zerspaltet
in zwei Hälften von pfirsichzarter Farbe,
eine Landschaft aus Salz, Felsen und Vögeln
unterm Gesetz des stillverzückten Mittags,

gekleidet in die Farbe meiner Wünsche,
wandelst du nackt umher, nackt wie mein Denken,
durch deine Augen geh ich wie durchs Wasser,
die Tiger trinken Traum in diesen Augen,
der Kolibri verbrennt in diesen Flammen,
wie durch den Mond geh ich durch deine Stirnwand,
und wie die Wolke zieh ich durch dein Denken,
ich geh dir durch den Leib wie durch die Träume,

tu falda de maíz ondula y canta,
tu falda de cristal, tu falda de agua,
tus labios, tus cabellos, tus miradas,
toda la noche llueves, todo el día
abres mi pecho con tus dedos de agua,
cierras mis ojos con tu boca de agua,
sobre mis huesos llueves, en mi pecho
hunde raíces de agua un árbol líquido,

voy por tu talle como por un río,
voy por tu cuerpo como por un bosque,
como por un sendero en la montaña
que en un abismo brusco se termina
voy por tus pensamientos afilados
y a la salida de tu blanca frente
mi sombra despeñada se destroza,
recojo mis fragmentos uno a uno
y prosigo sin cuerpo, busco a tientas,

corredores sin fin de la memoria,
puertas abiertas a un salón vacío
donde se pudren todos los veranos,
las joyas de la sed arden al fondo,
rostro desvanecido al recordarlo,
mano que se deshace si la toco,
cabelleras de arañas en tumulto
sobre sonrisas de hace muchos años,

a la salida de mi frente busco,
busco sin encontrar, busco un instante,
un rostro de relámpago y tormenta
corriendo entre los árboles nocturnos,

dein Maisrock wogt und singt im Wellentakte,
dein Rocksaum aus Kristall, dein Rock aus Wasser,
deine Lippen, dein Haar und deine Blicke,
die Nacht lang regnest du, den ganzen Tag lang,
und öffnest mir die Brust mit Wasserfingern,
schließt mit dem Wassermund mir meine Augen,
regnest auf meine Knochen, in den Brustkorb
senkt mir ein Flutbaum seine Wasserwurzeln,

ich geh durch deinen Wuchs wie durch ein Flußbett,
wie durch den Wald geh ich durch deinen Körper,
so wie auf schmalem Pfade im Gebirge,
der jählings dann an einem Abgrund endet,
geh ich den Saumweg deines feinen Denkens,
und an dem Ausgang deiner weißen Stirn dann
stürzt mein Schatten und bleibt zersplittert liegen,
ich sammle, eins ums andre, meine Teile
und tappe weiter ohne Körper, tastend,

endlose Korridore des Erinnerns,
offene Türen eines leeren Zimmers,
in dem die Sommer alle still verwesen,
Kleinodien des Durstes heimlich glühen,
ein Antlitz, halb erinnert, schon verschwunden,
Hand, die sich auflöst, wenn ich sie berühre,
Spinnengewimmel, haarig, staubverwoben,
über dem Lächeln längst vergangner Jahre,

ich suche nach dem Ausgang meines Kopfes,
suche nach einem Augenblick, erfolglos,
nach dem Gesicht voll Blitz und Ungewitter,
rennend zwischen den nächtlich schwarzen Bäumen,

rostro de lluvia en un jardín a oscuras,
agua tenaz que fluye a mi costado,

busco sin encontrar, escribo a solas,
no hay nadie, cae el día, cae el año,
caigo con el instante, caigo a fondo,
invisible camino sobre espejos
que repiten mi imagen destrozada,
piso días, instantes caminados,
piso los pensamientos de mi sombra,
piso mi sombra en busca de un instante,
busco una fecha viva como un pájaro,
busco el sol de las cinco de la tarde
templado por los muros de tezontle:
la hora maduraba sus racimos
y al abrirse salían las muchachas
de su entraña rosada y se esparcían
por los patios de piedra del colegio,
alta como el otoño caminaba
envuelta por la luz bajo la arcada
y el espacio al ceñirla la vestía
de una piel más dorada y transparente,

tigre color de luz, pardo venado
por los alrededores de la noche,
entrevista muchacha reclinada
en los balcones verdes de la lluvia,
adolescente rostro innumerable,
he olvidado tu nombre, Melusina,
Laura, Isabel, Perséfona, María,
tienes todos los rostros y ninguno,
eres todas las horas y ninguna,

Regengesicht in einem finstren Garten,
Wasser, störrisch, an meiner Seite flutend,

ich suche, kann's nicht finden, schreibe einsam,
niemand ist da, der Tag versinkt, ich sinke
mit Jahr und Augenblick hinab zur Tiefe,
über Spiegel, auf unsichtbarem Wege,
wo mein zerstücktes Bildnis mir begegnet,
trete auf Tage, Augenblicke, die ich
gegangen, trete auf Gedanken meines
Schattens, trete den Schatten auf meiner Suche,
ich will ein Datum, lebhaft wie ein Vogel,
die Fünfuhrsonne eines Nachmittages,
lau auf den roten Lavamauern ruhend:
die Stunde ließ dort ihre Trauben reifen,
und als sie aufging, kam die Schar der Mädchen
aus ihrem rosenfarbnen Innern, schwärmte
überm Pflaster des Schulhofs auseinander,
hoch wie der Herbst ging wandernd sie vorüber,
umhüllt vom Licht, dort unter der Arkade,
und sie umgürtend, kleidete der Raum sie
in eine Haut – noch goldener und klarer,

ein Tiger, lichtgefärbt, ein falbes Rotwild,
durchs nahe, offne Nachtgelände streifend,
ein Mädchen, flüchtig nur gesehen, liegend,
auf grünenden Balkonen grünen Regens,
ein jugendliches Antlitz, niemals zählbar,
vergessen hab ich deinen Namen, Laura,
Melusine, Persephone, Maria,
alle Gesichter hast du, alle, keines,
dem Baume bist du ähnlich und der Wolke,

te pareces al árbol y a la nube,
eres todos los pájaros y un astro,
te pareces al filo de la espada
y a la copa de sangre del verdugo,
yedra que avanza, envuelve y desarraiga
al alma y la divide de sí misma,

escritura de fuego sobre el jade,
grieta en la roca, reina de serpientes,
columna de vapor, fuente en la peña,
circo lunar, peñasco de las águilas,
grano de anís, espina diminuta
y mortal que da penas inmortales,
pastora de los valles submarinos
y guardiana del valle de los muertos,
liana que cuelga del cantil del vértigo,
enredadera, planta venenosa,
flor de resurrección, uva de vida,
señora de la flauta y del relámpago,
terraza del jazmín, sal en la herida,
ramo de rosas para el fusilado,
nieve en agosto, luna del patíbulo,
escritura del mar sobre el basalto,
escritura del viento en el desierto,
testamento del sol, granada, espiga,

rostro de llamas, rostro devorado,
adolescente rostro perseguido
años fantasmas, días circulares
que dan al mismo patio, al mismo muro,
arde el instante y son un solo rostro
los sucesivos rostros de la llama,

alle die Vögel bist du und ein Sternlicht,
der Klinge eines Degens bist du ähnlich,
dem Becher Blutes in der Hand des Henkers,
Efeu, der wuchernd vordringt und die Seele
umklammert, ausreißt, von sich selber abtrennt,

Handschrift aus Feuer auf den Jadesteinen,
Spalt in dem Felsblock, Königin der Schlangen,
Säule aus Dampf und Quell, dem Fels entsprungen,
Hof um den Mond, die Felsenburg der Adler,
Aniskorn, winzig kleiner Todesstachel,
der Schmerzen gibt, die nie ein Tod beendet,
Hirtin der Täler auf dem Meeresgrunde
und Hüterin des Tales aller Toten,
Liane, hangend an der Schwindelklippe,
rankende Winde, giftgetränkte Pflanze,
Blume der Auferstehung, Lebenstraube,
Herrin des Flötenrohres und des Blitzstrahls,
Terrasse des Jasmins, Salz in der Wunde,
für den Erschossenen ein Strauß von Rosen,
Schnee im August und Mondlicht auf dem Richtplatz,
Handschrift des Meeres, auf Basalt geschrieben,
Handschrift des Windes, in der Wüste lesbar,
der Sonne Testament, Granatfrucht, Ähre,

Gesicht aus Flammen, Angesicht, verschlungen,
junges, verfolgtes, mädchenfrisches Antlitz,
Gespensterjahre, Tage, kreisend, immer
zum selben Hof, zur selben Mauer führend,
es brennt der Augenblick, und nur das eine
Gesicht sind all die Mienen in der Flamme,

todos los nombres son un solo nombre,
todos los rostros son un solo rostro,
todos los siglos son un solo instante
y por todos los siglos de los siglos
cierra el paso al futuro un par de ojos,

no hay nada frente a mí, sólo un instante
rescatado esta noche, contra un sueño
de ayuntadas imágenes soñado,
duramente esculpido contra el sueño,
arrancado a la nada de esta noche,
a pulso levantado letra a letra,
mientras afuera el tiempo se desboca
y golpea las puertas de mi alma
el mundo con su horario carnicero,

sólo un instante mientras las ciudades,
los nombres, los sabores, lo vivido,
se desmoronan en mi frente ciega,
mientras la pesadumbre de la noche
mi pensamiento humilla y mi esqueleto,
y mi sangre camina más despacio
y mis dientes se aflojan y mis ojos
se nublan y los días y los años
sus horrores vacíos acumulan,

mientras el tiempo cierra su abanico
y no hay nada detrás de sus imágenes
el instante se abisma y sobrenada
rodeado de muerte, amenazado
por la noche y su lúgubre bostezo,
amenazado por la algarabía

alle Gesichter nur das eine Antlitz,
alle Jahrhunderte sind ein Moment nur,
und bis ans Ende aller Ewigkeiten
ist die Zukunft blockiert durch ein Paar Augen,

nichts ist mir gegenüber, ein Moment nur,
losgekauft, heute nacht, und geträumt gegen
einen Traum versammelter Bilderschwärme,
ausgemeißelt mit harter Mühe gegen
den Traum hier, und dem Nichts der Nacht entrissen,
aufgebaut mit den eignen Händen, Letter
um Letter, während draußen die Zeit fortprescht
und die Welt an die Tore meiner Seele
mit blutgierigem Stundenzeiger hämmert,

nichts als ein Augenblick, während die Städte,
die Namen, die Gerüche, das Erlebte
in meiner erblindeten Stirn zerfallen,
während lastende Nacht mit ihrer Schwere
mein Denken niederdrückt und mein Gerippe,
während mein Blut nur langsam weiterwandert
und meine Zähne mürbe werden, meine
Augen grau sich umwölken und die Jahre
und Tage ihre leeren Schrecken häufen,

während die Zeit zusammenklappt den Fächer
und nichts mehr da ist hinter ihren Bildern,
versinkt der Augenblick, treibt wieder oben,
rings umlauert vom Tod und bedroht von der
Nacht und ihrem unheimlich hohlen Gähnen,
bedroht vom wild verworrenen Gelärme

de la muerte vivaz y enmascarada
el instante se abisma y se penetra,
como un puño se cierra, como un fruto
que madura hacia dentro de sí mismo
y a sí mismo se bebe y se derrama
el instante translúcido se cierra
y madura hacia dentro, echa raíces,
crece dentro de mí, me ocupa todo,
me expulsa su follaje delirante,
mis pensamientos sólo son sus pájaros,
su mercurio circula por mis venas,
árbol mental, frutos sabor de tiempo,

oh vida por vivir y ya vivida,
tiempo que vuelve en una marejada
y se retira sin volver el rostro,
lo que pasó no fue pero está siendo
y silenciosamente desemboca
en otro instante que se desvanece:

frente a la tarde de salitre y piedra
armada de navajas invisibles
una roja escritura indescifrable
escribes en mi piel y esas heridas
como un traje de llamas me recubren,
ardo sin consumirme, busco el agua
y en tus ojos no hay agua, son de piedra,
y tus pechos, tu vientre, tus caderas
son de piedra, tu boca sabe a polvo,
tu boca sabe a tiempo emponzoñado,
tu cuerpo sabe a pozo sin salida,
pasadizo de espejos que repiten

des lebenstollen, bunt maskierten Todes,
versinkt der Augenblick, dringt in sich selber,
wie eine Faust sich schließt, wie ein Baumfrucht,
die langsam ihrer eignen Mitte zureift,
der lichtdurchströmte Augenblick verschließt sich
und reift nach innen, ruhig, und schlägt Wurzeln,
keimt in mir auf, besetzt mein ganzes Wesen
und treibt aus mir sein windberauschtes Laubwerk,
meine Gedanken sind nur seine Vögel,
quecksilbern kreist sein Saft durch meine Venen:
Geistbaum und Früchte, um die Zeit zu schmecken,

o Leben, schon gelebt und noch zu leben,
Zeit, die mit hohem Wellengang zurückrollt
und wieder fortgeht, ohne Blick nach hinten,
was geschehen, das war nicht, sondern währt noch
und mündet lautlos ein in einen andern,
den nächsten Augenblick, der sich verflüchtigt:

den Nachmittag vor Augen – Stein, Salpeter –,
mit Messern ausgerüstet, unsichtbaren,
schreibst du mit roten, unlesbaren
Zügen auf meine Haut, und diese Wunden
bedecken mich mit einem Kleid aus Flammen,
ich brenne, ohne zu vergehen, und suche
Wasser, doch deine Augen sind zwei Steine,
und Stein sind deine Brüste, Schoß und Hüften,
steinern alles, dein Mund – er schmeckt nach Staub nur,
schmeckt nach verdorbner Zeit, verfault, vergiftet,
ein Brunnenschacht dein Körper, ohne Ausgang,
ein Gang aus Spiegelwänden, wo die Augen

los ojos del sediento, pasadizo
que vuelve siempre al punto de partida
y tú me llevas ciego de la mano
por esas galerías obstinadas
hacia el centro del círculo y te yergues
como un fulgor que se congela en hacha,
como luz que desuella, fascinante
como el cadalso para el condenado,
flexible como el látigo y esbelta
como un arma gemela de la luna,
y tus palabras afiladas cavan
mi pecho y me despueblan y vacían,
uno a uno me arrancas los recuerdos,
he olvidado mi nombre, mis amigos
gruñen entre los cerdos o se pudren
comidos por el sol en un barranco,

no hay nada en mí sino una larga herida,
una oquedad que ya nadie recorre,
presente sin ventanas, pensamiento
que vuelve, se repite, se refleja
y se pierde en su misma transparencia,
conciencia traspasada por un ojo
que se mira mirarse hasta anegarse
de claridad:
yo vi tu atroz escama,
Melusina, brillar verdosa al alba,
dormías enroscada entre las sábanas
y al despertar gritaste como un pájaro
y caíste sin fin, quebrada y blanca,
nada quedó de ti sino tu grito,
y al cabo de los siglos me descubro

des Dürstenden sich selber stets begegnen,
Gang, der immer zum Ausgangspunkt zurückführt,
und du, du führst mich Blinden an den Händen
durch diese ewig starren Galerien
zum Mittelpunkt des Kreises, und zuckst jählings
auf wie ein Glanz, zu einer Axt gefrierend,
wie Licht, das Fleisch entblößend, faszinierend,
wie das Schafott den Todeskandidaten,
biegbar wie eine Peitsche, schlank wie eine
Waffe, schimmernde Zwillingin des Mondes,
und deine Worte, scharf wie Klingen, höhlen
mir die Brust aus, entvölkern mir die Sinne,
du raubst mir mein Erinnern, eins ums andre,
vergessen sind die Namen, meine Freunde,
sie grunzen unter Schweinen oder modern,
von Sonnenlicht zerfressen, in der Bergschlucht,

nichts ist in mir als eine tiefe Wunde,
eine Höhlung, die niemand ausmißt, niemand,
Gegenwart ohne Fenster, und ein Denken,
das im Kreis geht, sich wiederholt, sich spiegelt
und sich verliert in seiner eignen Klarheit,
ein Bewußtsein, durchbohrt von einem Auge,
das schaut ins eigne Schauen, bis es aufgeht
in Helle:
deine Schuppen, Melusine,
sah ich grünlich im Frühlicht gleißen, schaudernd,
du schliefest eingerollt in deinen Laken,
und beim Erwachen schriest du wie ein Vogel
und stürztest endlos ab, weiß und zerbrochen,
nichts blieb von dir, allein dein Schrei nur,
und dann, am Ende aller Zeiten, finde

con tos y mala vista, barajando
viejas fotos:
                    no hay nadie, no eres nadie,
un montón de ceniza y una escoba,
un cuchillo mellado y un plumero,
un pellejo colgado de unos huesos,
un racimo ya seco, un hoyo negro
y en el fondo del hoyo los dos ojos
de una niña ahogada hace mil años,

miradas enterradas en un pozo,
miradas que nos ven desde el principio,
mirada niña de la madre vieja
que ve en el hijo grande un padre joven,
mirada madre de la niña sola
que ve en el padre grande un hijo niño,
miradas que nos miran desde el fondo
de la vida y son trampas de la muerte
– ¿o es al revés: caer en esos ojos
es volver a la vida verdadera?,

¡caer, volver, soñarme y que me sueñen
otros ojos futuros, otra vida,
otras nubes, morirme de otra muerte!
– esta noche me basta, y este instante
que no acaba de abrirse y revelarme
dónde estuve, quién fui, cómo te llamas,
cómo me llamo yo:
                              ¿hacía planes
para el verano – y todos los veranos –
en Christopher Street, hace diez años,
con Filis que tenía dos hoyuelos

ich mich wieder, kurzsichtig, unter Husten
in alten Fotos wühlend:
                                        da ist niemand,
du bist niemand, ein Aschehaufen, Kehrwisch,
ein stumpfes Messer und ein Federwedel,
Gehäute, aufgehängt an ein paar Knochen,
eine verdorrte Traube, schwarze Grube,
und auf dem Grund der Grube die zwei Augen
des Mädchens, das ertrank vor tausend Jahren,

Blicke, begraben in der Brunnentiefe,
Blicke, die uns betrachten aus dem Ursprung,
der Mädchenblick von einer alten Mutter,
die in dem großen Sohn erkennt den jungen
Vater, der Mutterblick des kleinen Mädchens,
das in dem großen Vater sieht ein Söhnlein,
Blicke, vom Grund des Lebens auf uns schauend
als stille Todesfallen – oder ist es
grad umgekehrt: in diese Augen fallen,
heißt das ins wahre Leben wiederkehren?,

fallen und wiederkehren, träumen, mich und
daß andre, künftige Augen mich träumen,
ein andres Leben, andre Wolken, daß ich
sterbe an andrem Tod!
                                        – mir genügt diese
Nacht, dieser Augenblick, der unaufhörlich
sich auftut, mir enthüllt, wo ich gewesen,
wer ich war, wie du heißt und wie ich heiße:
machte ich Pläne für den Sommer – alle
Sommer –, dort, Christopher Street, vor zehn Jahren,
mit Phyllis, die zwei Wangengrübchen hatte,

donde bebían luz los gorriones?,
¿por la Reforma Carmen me decía
»no pesa el aire, aquí siempre es octubre«,
o se lo dijo a otro que he perdido
o yo lo invento y nadie me lo ha dicho?,
¿caminé por la noche de Oaxaca,
inmensa y verdinegra como un árbol,
hablando solo como el viento loco
y al llegar a mi cuarto – siempre un cuarto –
no me reconocieron los espejos?,
¿desde el hotel Vernet vimos al alba
bailar con los castaños – »ya es muy tarde«
decías al peinarte y yo veía
manchas en la pared, sin decir nada?,
¿subimos juntos a la torre, vimos
caer la tarde desde el arrecife?,
¿comimos uvas en Bidart?, ¿compramos
gardenias en Perote?,
                                    nombres, sitios,
calles y calles, rostros, plazas, calles,
estaciones, un parque, cuartos solos,
manchas en la pared, alguien se peina,
alguien canta a mi lado, alguien se viste,
cuartos, lugares, calles, nombres, cuartos,

Madrid, 1937,
en la Plaza del Ángel las mujeres
cosían y cantaban con sus hijos,
después sonó la alarma y hubo gritos,
casas arrodilladas en el polvo,
torres hendidas, frentes escupidas
y el huracán de los motores, fijo:

an denen Spatzen Tropfen Lichtes tranken?,
sagte Carmen zu mir auf der Reforma:
»Die Luft ist leicht, immer ist hier Oktober«,
oder sagte sie das zu einem andern,
den ich verlor, hab ich es bloß erfunden?,
bin ich gewandert durch die Nacht Oaxacas,
endlos und schwarzgrün wie ein Baumgewölbe,
nur in das Dunkel redend wie der Irrwind,
und dann beim Eintritt in mein Zimmer – stets ein
Zimmer – erkannten mich die Spiegel nimmer?,
sahen wir vorm Hotel Vernet das Frühlicht
mit den Kastanien tanzen – »es ist spät schon«,
sagtest du mir, dich kämmend, ich erblickte
Flecken an den vier Wänden, sah sie wortlos?,
stiegen wir auf den Turm, wir beiden, sahen
wir nicht den Abend sinken, dort, vom Staudamm?,
aßen wir Trauben in Bidart und kauften
Gardenien in Perote?,
Namen, Orte,
Straßen, Straßen, Gesichter, Plätze, Straßen,
Jahreszeiten, ein Park, einsame Zimmer,
Flecken an den vier Wänden, jemand kämmt sich,
jemand singt da bei mir, schlüpft in die Kleider,
Zimmer und Orte, Straßen, Namen, Zimmer,

Madrid war's, 1937,
auf der Plaza del Ángel nähten Frauen,
nähten und sangen dort mit ihren Kindern,
später kam der Alarm, und es gab Schreie,
Häuser, ins Knie gebrochen, tief im Staube,
Türme, zerspalten, und erbrochne Stirnen,
drüber das starre Stürmen der Motoren:

los dos se desnudaron y se amaron
por defender nuestra porción eterna,
nuestra ración de tiempo y paraíso,
tocar nuestra raíz y recobrarnos,
recobrar nuestra herencia arrebatada
por ladrones de vida hace mil siglos,
los dos se desnudaron y besaron
porque las desnudeces enlazadas
saltan el tiempo y son invulnerables,
nada las toca, vuelven al principio,
no hay tú ni yo, mañana, ayer ni nombres,
verdad de dos en sólo un cuerpo y alma,
oh ser total . . .
                                        cuartos a la deriva
entre ciudades que se van a pique,
cuartos y calles, nombres como heridas,
el cuarto con ventanas a otros cuartos
con el mismo papel descolorido
donde un hombre en camisa lee el periódico
o plancha una mujer; el cuarto claro
que visitan las ramas del durazno;
el otro cuarto: afuera siempre llueve
y hay un patio y tres niños oxidados;
cuartos que son navíos que se mecen
en un golfo de luz; o submarinos:
el silencio se esparce en olas verdes,
todo lo que tocamos fosforece;
mausoleos del lujo, ya roídos
los retratos, raídos los tapetes;
trampas, celdas, cavernas encantadas,
pajareras y cuartos numerados,
todos se transfiguran, todos vuelan,

die zwei legten die Kleider ab und liebten
sich, um unseren Anteil zu behaupten,
den ewigen, unsre Ration an Zeit und
Paradies, unsre Wurzeln zu berühren,
uns wiederzuerwerben unser Erbe,
das man vor tausend Jahren uns entrissen,
die zwei legten die Kleider ab und küßten
sich, denn die verflochtene Nacktheit beider
überspringt alle Zeit, ist unverletzlich,
nichts berührt sie, sie kehren heim zum Anfang,
da ist kein Du, kein Ich, kein Morgen, Gestern,
nur namenlose Wahrheit, zweifach einig
Körper und Seele, volles Dasein ...
Zimmer,
treibend zwischen den Städten, die versinken,
Zimmer und Straßen, Namen wie von Wunden,
ein Zimmer mit dem Blick auf andre Zimmer
mit der gleichen verblichenen Tapete,
wo hemdsärmlig ein Mann die Zeitung anstarrt,
eine Frau hantiert mit dem Bügeleisen;
oder das heitere Zimmer, von Ästen
des Pfirsichbaums besucht; und jenes andre:
draußen regnet es immer, in den Patio,
auf drei rostige Kinder; Zimmer-Schiffe,
schaukelnd in einer Lichtbucht; und U-Boote:
in grünen Wellenringen wächst das Schweigen,
was man auch anfaßt, schimmert fahl wie Phosphor;
Mausoleen des Luxus, wurmzerfressen
die Porträts, schäbig längst die Draperien;
Fallgruben, Zellen, zauberhafte Höhlen,
Vogelbauer und numerierte Zimmer –
alle verwandeln sich, schlagen mit Flügeln,

cada moldura es nube, cada puerta
da al mar, al campo, al aire, cada mesa
es un festín; cerrados como conchas
el tiempo inútilmente los asedia,
no hay tiempo ya, ni muro: ¡espacio, espacio,
abre la mano, coge esta riqueza,
corta los frutos, come de la vida,
tiéndete al pie del árbol, bebe el agua!,

todo se transfigura y es sagrado,
es el centro del mundo cada cuarto,
es la primera noche, el primer día,
el mundo nace cuando dos se besan,
gota de luz de entrañas transparentes
el cuarto como un fruto se entreabre
o estalla como un astro taciturno
y las leyes comidas de ratones,
las rejas de los bancos y las cárceles,
las rejas de papél, las alambradas,
los timbres y las púas y los pinchos,
el sermón monocorde de las armas,
el escorpión meloso y con bonete,
el tigre con chistera, presidente
del Club Vegetariano y la Cruz Roja,
el burro pedagogo, el cocodrilo
metido a redentor, padre de pueblos,
el Jefe, el tiburón, el arquitecto
del porvenir, el cerdo uniformado,
el hijo predilecto de la Iglesia
que se lava la negra dentadura
con el agua bendita y toma clases
de inglés y democracia, las paredes

jeder Sims ist Wolke, und jede Türe
führt zum Meer, in die Luft, in freie Landschaft,
jeder Tisch ist ein Festmahl; und wie Muscheln
verschlossen, widerstehen sie dem Ansturm
der Zeit; denn da ist weder Zeit noch Mauer:
Raum nur, Raum!, mach die Hand auf, faß den Reichtum,
schneide die Früchte ab und iß vom Leben,
streck dich aus unterm Baum und trink das Wasser!,

alles verwandelt sich und ist geheiligt,
Mitte der Welt ist jedes Zimmer, jedes
die allererste Nacht, der Tag des Anfangs,
geboren wird die Welt, wenn zwei sich küssen,
nichts als ein Tropfen Licht von klarer Fülle,
ein Zimmer, das wie reifes Fruchtfleisch aufklafft
oder zerspringt, so wie ein stiller Stern birst
und die Gesetzeswerke, Fraß der Mäuse,
das Gitterwerk der Banken und der Kerker,
die Gitter aus Papier, die Drahtverhaue,
die Stempel und die Dornen und die Stacheln,
die sture Predigt aus den Waffenläufen,
der honigsüße Skorpion im Chorhemd,
der Tiger mit Zylinder, Präsident der
Vegetarier, Boß des Roten Kreuzes,
der Esel auf dem Lehrstuhl, das zum Heiland
erklärte Krokodil, Vater der Völker,
der Führer, der Haifisch, der Architekt der
Zukunft, das große Schwein im Uniformhemd,
der auserwählte Lieblingssohn der Kirche,
der sich die schwarzen Zähne mit geweihtem
Wasser reinigt und Stunden nimmt in Englisch
und in Demokratie, die unsichtbaren

invisibles, las máscaras podridas
que dividen al hombre de los hombres,
al hombre de sí mismo,
                                        se derrumban
por un instante inmenso y vislumbramos
nuestra unidad perdida, el desamparo
que es ser hombres, la gloria que es ser hombres
y compartir el pan, el sol, la muerte,
el olvidado asombro de estar vivos;

amar es combatir, si dos se besan
el mundo cambia, encarnan los deseos,
el pensamiento encarna, brotan alas
en las espaldas del esclavo, el mundo
es real y tangible, el vino es vino,
el pan vuelve a saber, el agua es agua,
amar es combatir, es abrir puertas,
dejar de ser fantasma con un número
a perpetua cadena condenado
por un amo sin rostro;
                                        el mundo cambia
si dos se miran y se reconocen,
amar es desnudarse de los nombres:
»déjame ser tu puta«, son palabras
de Eloísa, mas él cedió a las leyes,
la tomó por esposa y como premio
lo castraron después;
                                        mejor el crimen,
los amantes suicidas, el incesto
de los hermanos como dos espejos
enamorados de su semejanza,
mejor comer el pan envenenado,

Wände, all die verfaulten, feilen Masken,
die einen Menschen trennen von den Menschen,
den einen von sich selber,
                                        alle fallen
im unermeßlich klaren Augenblick, wir ahnen
die Einigkeit, die wir verloren; wieviel
Verlassenheit das ist: als Menschen leben,
und wieviel Wonne: Brot und Sonne teilen,
den Tod, das neue Staunen: daß wir da sind;

Lieben ist Kämpfen, und wenn zwei sich küssen,
verändert sich die Welt, die Wünsche werden
Fleisch, leiblich wird das Denken, Flügel wachsen
aus nackten Sklavenschultern, wirklich, greifbar
ist nun die Welt geworden, Wein ist Wein jetzt,
das Brot schmeckt wieder, Wasser ist das Wasser,
Lieben ist Kämpfen, ist ein Türenöffnen,
nicht länger ein Gespenst sein mit der Nummer,
für ewig an die Kette angeschmiedet
von einem antlitzlosen Herrn:
                                                verändert
wird die Erde, wenn zwei sich sehen, zwei sich
erkennen; Lieben heißt: die Namen ausziehn:
»Laß du mich deine Hure sein«, so sagte
Héloïse, aber er tat nach dem Rechte,
nahm sie zur Gattin, und zum Lohn entmannten
ihn dann die Leute;
                                    lieber das Verbrechen,
Selbstmord der beiden Liebenden, Blutschande
der Geschwister – zwei Spiegel, sich verfallend
im Wechselblick verzückter Ähnlichkeiten –,
lieber das giftgetränkte Brot verzehren,

el adulterio en lechos de ceniza,
los amores feroces, el delirio,
su yedra ponzoñosa, el sodomita
que lleva por clavel en la solapa
un gargajo, mejor ser lapidado
en las plazas que dar vuelta a la noria
que exprime la sustancia de la vida,
cambia la eternidad en horas huecas,
los minutos en cárceles, el tiempo
en monedas de cobre y mierda abstracta;

mejor la castidad, flor invisible
que se mece en los tallos del silencio,
el difícil diamante de los santos
que filtra los deseos, sacia al tiempo,
nupcias de la quietud y el movimiento,
canta la soledad en su corola,
pétalo de cristal es cada hora,
el mundo se despoja de sus máscaras
y en su centro, vibrante transparencia,
lo que llamamos Dios, el ser sin nombre,
se contempla en la nada, el ser sin rostro
emerge de sí mismo, sol de soles,
plenitud de presencias y de nombres;

sigo mi desvarío, cuartos, calles,
camino a tientas por los corredores
del tiempo y subo y bajo sus peldaños
y sus paredes palpo y no me muevo,
vuelvo adonde empecé, busco tu rostro,
camino por las calles de mí mismo
bajo un sol sin edad, y tú a mi lado

lieber der Ehebruch in Aschenbetten,
rasende Leidenschaften, Fieberwahnsinn,
wild umschlungen vom Würgegriff des Efeus,
der Sodomit, der statt der Nelke einen
Schleimbatzen am Revers trägt, ja gesteinigt
lieber auf offnem Marktplatz, als den Göpel
im Kreise treiben, der den Stoff des Lebens
ausquetscht, die Ewigkeit zu hohlen Stunden
macht, Minuten zu Kerkern, Zeit des Lebens
zu Kupfermünzen und abstraktem Scheißdreck;

lieber die Keuschheit, unsichtbare Blüte,
sich wiegend auf den Stengeln tiefer Stille,
der Diamant der Heiligen, Asketen,
der alle Sehnsucht filtert, stillt die Zeiten,
der Hochzeitsbund von Ruhe und Bewegung:
es singt die Einsamkeit in ihrer Krone,
kristallnes Blütenblatt ist jede Stunde,
die Welt läßt ihre Maskenhüllen fallen,
und mitten in ihr, Schwingung reinster Klarheit,
das, was wir Gott genannt, Sein ohne Namen,
betrachtet sich im Nichts, Sein ohne Antlitz,
taucht aus sich selbst empor, der Sonnen Sonne,
Fülle von Gegenwarten und von Namen;

ich gehe fiebernd weiter – Zimmer, Straßen –,
tappe im Dunkel durch die Korridore
der Zeit, steige hinauf, hinab die Stufen,
betaste Wände, bleibe reglos stehen,
kehre zurück zum Ausgangspunkt und suche
dein Gesicht, wandernd durch die Gassen meines
Wesens, unter der alterslosen Sonne,

caminas como un árbol, como un río,
caminas y me hablas como un río,
creces como una espiga entre mis manos,
lates como una ardilla entre mis manos,
vuelas como mil pájaros, tu risa
me ha cubierto de espumas, tu cabeza
es un astro pequeño entre mis manos,
el mundo reverdece si sonríes
comiendo una naranja,
                                        el mundo cambia
si dos, vertiginosos y enlazados,
caen sobre la yerba: el cielo baja,
los árboles ascienden, el espacio
sólo es luz y silencio, sólo espacio
abierto para el águila del ojo,
pasa la blanca tribu de las nubes,
rompe amarras el cuerpo, zarpa el alma,
perdemos nuestros nombres y flotamos
a la deriva entre el azul y el verde,
tiempo total donde no pasa nada
sino su propio transcurrir dichoso,

no pasa nada, callas, parpadeas
(silencio: cruzó un ángel este instante
grande como la vida de cien soles),
¿no pasa nada, sólo un parpadeo?
– y el festín, el destierro, el primer crimen,
la quijada del asno, el ruido opaco
y la mirada incrédula del muerto
al caer en el llano ceniciento,
Agamenón y su mugido inmenso
y el repetido grito de Casandra

und du, an meiner Seite, wanderst wie ein
Baum, wie ein Fluß wanderst du, redest wandernd
mit mir, ein Fluß, wie eine Ähre wächst du
in meinen Händen, zuckst wie ein Eichhörnchen
in meinen Händen, fliegst wie tausend Vögel,
dein Lachen überschüttet mich mit Meerschaum,
dein Kopf ist ein faßlicher Stern in meinen
Händen, und neu ergrünt die Welt, wenn lächelnd
du die Orange ißt,
                                        die Welt wird anders,
wenn zwei, taumelnd umschlungen, niederfallen
ins Gras: der Himmel kommt herab, die Bäume
steigen empor, nichts als Licht ist der Luftraum,
lautloses Licht, nichts als freier Luftraum,
weit offen für den Flug des Augenadlers,
weiß zieht die Völkerschaft der Wolken weiter,
der Körper kappt die Taue, Anker lichtet
die Seele, wir verlieren unsre Namen,
lassen uns treiben zwischen Grün und Bläue,
erfüllte Zeit, in der sich nichts ereignet,
nichts als ihr eignes glückliches Verströmen,

und nichts ereignet sich, du schweigst, du blinzelst
(Stille: ein Engel kreuzte die Sekunde,
weit wie das Leben Hunderter von Sonnen),
und nichts ereignet sich, nichts als ein Blinzeln?
– und das Festmahl, Verbannung, erste Untat,
der Kinnbacken des Esels, düstres Lärmen,
und jener fassungslose Blick des Toten,
als er zurückfällt in die Aschensteppe,
Agamemnon, sein schauderhaftes Brüllen,
und der Kassandra Schrei, der wiederholte,

más fuerte que los gritos de las olas,
Sócrates en cadenas (el sol nace,
morir es despertar: »Critón, un gallo
a Esculapio, ya sano de la vida«),
el chacal que diserta entre las ruinas
de Nínive, la sombra que vio Bruto
antes de la batalla, Moctezuma
en el lecho de espinas de su insomnio,
el viaje en la carreta hacia la muerte
– el viaje interminable mas contado
por Robespierre minuto trans minuto,
la mandíbula rota entre las manos –,
Churruca en su barrica como un trono
escarlata, los pasos ya contados
de Lincoln al salir hacia el teatro,
el estertor de Trotsky y sus quejidos
de jabalí, Madero y su mirada
que nadie contestó: ¿por qué me matan?,
los carajos, los ayes, los silencios
del criminal, el santo, el pobre diablo,
cementerios de frases y de anécdotas
que los perros retóricos escarban,
el delirio, el relincho, el ruido oscuro
que hacemos al morir y ese jadeo
de la vida que nace y el sonido
de huesos machacados en la riña
y la boca de espuma del profeta
y su grito y el grito del verdugo
y el grito de la víctima . . .
son llamas
los ojos y son llamas lo que miran,
llama la oreja y el sonido llama,

der Wellen Schreie weithin übertönend,
in Ketten Sokrates (da kommt die Sonne,
Sterben, das ist Erwachen: »Kriton, einen
Hahn für den Äskulap, denn ich genese
vom Leben«), der Schakal, in den Ruinen
von Ninive dozierend, und der Schatten,
den Brutus vor der Schlacht sah, Montezuma
in seinem Dornenbett durchwachter Nächte,
holprige Karrenfahrt dem Tod entgegen
– lange, endlose Fahrt, deren Minuten
Robespierre doch zählt, jedwede einzeln,
seinen zerschlagnen Kiefer in den Händen –,
Churruca auf der Tonne, wie auf einem
scharlachroten Thron, Lincolns letzte Schritte,
als er ausstieg und eintrat ins Theater,
das Röcheln Trotzkis, Stöhnen eines wunden
Ebers, Madero und sein Blick, dem niemand
mehr Antwort gibt: warum will man mich töten?,
die rohen Flüche, Seufzer, Schweigestunden
des Verbrechers, des Heiligen, des armen
Teufels, die Friedhöfe der Phrasen und der
Anekdoten, zerscharrt von geilen Hunden
der Rhetorik, das Faseln, Wiehern, dunkle
Lärmen, das wir beim Sterben von uns geben,
und jenes Keuchen kaum gebornen Lebens,
das Knirschen der im Streit zermalmten Knochen
und der mit Schaum bedeckte Mund des Sehers
und sein Prophetenschrei, der Schrei des Henkers
und dann der Schrei des Opfers ...

Flammen sind die

Augen, und Flammen alles, was sie sehen,
Flamme das Ohr und jedes Tönen Flamme,

brasa los labios y tizón la lengua,
el tacto y lo que toca el pensamiento
y lo pensado, llama el que lo piensa,
todo se quema, el universo es llama,
arde la misma nada que no es nada
sino un pensar en llamas, al fin humo:
no hay verdugo ni víctima . . .
¿y el grito
en la tarde del viernes?, y el silencio
que se cubre de signos, el silencio
que dice sin decir, ¿no dice nada?
¿no son nada los gritos de los hombres?,
¿no pasa nada cuando pasa el tiempo?

– no pasa nada, sólo un parpadeo
del sol, un movimiento apenas, nada,
no hay redención, no vuelve atrás el tiempo,
los muertos están fijos en su muerte
y no pueden morirse de otra muerte,
intocables, clavados en su gesto,
desde su soledad, desde su muerte
sin remedio nos miran sin mirarnos,
su muerte ya es la estatua de su vida,
un siempre estar ya nada para siempre,
cada minuto es nada para siempre,
un rey fantasma rige tus latidos
y tu gesto final, tu dura máscara
labra sobre tu rostro cambiante:
el monumento somos de una vida
ajena y no vivida, apenas nuestra,

– ¿la vida, cuándo fue de veras nuestra?,

Rotglut die Lippen, schwarzes Scheit die Zunge,
Berührung und das Angerührte, Denken
und das Gedachte und der Denker: Flamme,
alles verbrennt, das Weltall: nichts als Flamme,
es lodert noch das Nichts, das doch kein Nichts ist,
sondern ein Flammen-Denken, Rauch am Ende:
kein Henker und kein Opfer ...
Und der Schrei
am Freitagnachmittag, das Schweigen, das mit
Zeichen sich bedeckt, Schweigen, das beredt ist
auch ohne alle Worte – sagt es gar nichts?,
sind sie denn nichts, die Schreie all der Menschen?
Geht denn nichts vor in diesem Zeitvergehen?

– nichts, nichts ereignet sich, allein ein Blinzeln
der Sonne, kaum eine Bewegung, gar nichts,
keine Erlösung, nichts kehrt heim zum Anfang,
die Toten stecken starr in ihrem Tode
und können keinen andern Tod mehr sterben,
unberührbar, gebannt in ihre Miene,
sehen sie aus der Einsamkeit, aus ihrem
Tode hilflos uns an, aus leeren Augen,
ihr Tod ist schon das Standbild ihres Lebens,
ein immer gleiches Nicht-Sein und für immer,
jede Minute ist nun nichts für immer,
ein Phantomfürst bestimmt jetzt deinen Herzschlag,
fixiert die letzte Miene, formt die harte Maske
dann über deinem wechselreichen Antlitz:
wir sind das Monument von einem fremden
und ungelebten Leben, fast nicht unser,

das Leben – wann denn war es wahrhaft unser?,

¿cuándo somos de veras lo que somos?,
bien mirado no somos, nunca somos
a solas sino vértigo y vacío,
muecas en el espejo, horror y vómito,
nunca la vida es nuestra, es de los otros,
la vida no es de nadie, todos somos
la vida – pan de sol para los otros,
los otros todos que nosotros somos –,
soy otro cuando soy, los actos míos
son más míos si son también de todos,
para que pueda ser he de ser otro,
salir de mí, buscarme entre los otros,
los otros que no son si yo no existo,
los otros que me dan plena existencia,
no soy, no hay yo, siempre somos nosotros,
la vida es otra, siempre allá, más lejos,
fuera de ti, de mí, siempre horizonte,
vida que nos desvive y enajena,
que nos inventa un rostro y lo desgasta,
hambre de ser, oh muerte, pan de todos,

Eloísa, Perséfona, María,
muestra tu rostro al fin para que vea
mi cara verdadera, la del otro,
mi cara de nosotros siempre todos,
cara de árbol y de panadero,
de chófer y de nube y de marino,
cara de sol y arroyo y Pedro y Pablo,
cara de solitario colectivo,
despiértame, ya nazco:
vida y muerte
pactan en ti, señora de la noche,

wann sind wir, was wir sind, in Wahrheit, wirklich?,
einzeln sind wir, genau betrachtet, niemals
was anderes als Taumel, Schwindel, Leere,
Spiegelfratzen, Entsetzen und Erbrechen,
nie ist das Leben unser, stets von andern,
das Leben eignet keinem, alle sind wir
das Leben – Sonnenbrot für alle andern,
all diese andern, die wir sind, wir selber –,
ich bin ein andrer, wenn ich bin, und meine
Taten sind mehr noch mein, sind sie auch aller,
um selbst zu sein, muß ich ein andrer werden,
mich selbst verlassen und mich suchen unter
den andern, die nicht sind, wenn ich nicht da bin,
den andern, die mir volles Dasein geben,
ich bin nicht, Ich gibt es nicht, immer sind wir
als wir, das Leben ist ein andres, immer
jenseits von dir, von mir, nur Horizont stets,
Leben, das uns verlebt und uns entfremdet,
uns ein Gesicht erfindet, es verwittert,
Hunger nach Sein, o Tod, das Brot von allen,

Héloïse, Persephone, Maria,
zeig mir dein Antlitz endlich, daß ich sehe
mein wirkliches Gesicht, das von dem andern,
mein Angesicht von uns, uns allen immer,
Gesicht des Baumes und Gesichts des Bäckers,
eines Chauffeurs, der Wolke und des Seemanns,
Gesicht von Sonne, Bach, von Pedro, Pablo,
Gesicht des einsam-kollektiven Einen,
wecke mich auf, ich komme zur Welt:
Leben
und Tod verbünden sich in dir, Herrin der

torre de claridad, reina del alba,
virgen lunar, madre del agua madre,
cuerpo del mundo, casa de la muerte,
caigo sin fin desde mi nacimiento,
caigo en mí mismo sin tocar mi fondo,
recógeme en tus ojos, junta el polvo
disperso y reconcilia mis cenizas,
ata mis huesos divididos, sopla
sobre mi ser, entiérrame en tu tierra,
tu silencio dé paz al pensamiento
contra sí mismo airado;
abre la mano,
señora de semillas que son días,
el día es inmortal, asciende, crece,
acaba de nacer y nunca acaba,
cada día es nacer, un nacimiento
es cada amanecer y yo amanezco,
amanecemos todos, amanece
el sol cara del sol, Juan amanece
con su cara de Juan cara de todos,

puerta del ser, despiértame, amanece,
déjame ver el rostro de este día,
déjame ver el rostro de esta noche,
todo se comunica y transfigura,
arco de sangre, puente de latidos,
llévame al otro lado de esta noche,
adonde yo soy tú somos nosotros,
al reino de pronombres enlazados,

puerta del ser: abre tu ser, despierta,
aprende a ser también, labra tu cara,

Nacht, Turm der Klarheit, Königin der Frühe,
Mondjungfrau, Mutter alles mütterlichen
Wassers, Körper der Welt und Haus des Todes,
ich falle von Geburt an ohne Ende,
falle in mich selbst, ohne Grund zu finden,
nimm mich in deine Augen auf, vereine
meinen zerstreuten Staub, versöhne
meine Asche, binde meine zerteilten Knochen,
hauche über mein Sein, in deiner Erde
begrabe mich, dein Schweigen gebe Frieden
dem Denken, das sich selbst zerwütet;
Öffne
die Hand, Herrin der Saat, der Samen-Tage,
unsterblich ist der Tag, er hebt sich, wächst, wird
endlich geboren, ohne je zu enden,
jeder Tag ist Geburt, Geborenwerden
ein jeder Morgen, und ich selber tage,
alle tagen wir schon, und herauf kommt die
Sonne mit ihrem Sonnengesicht, Juan kommt
mit dem Gesicht von Juan, Gesicht von allen,

Türe des Sein, erwecke mich, erscheine,
laß mich sehen das Antlitz dieses Tages,
laß mich sehen das Antlitz dieser Nacht nun,
alles verbindet sich, in steter Wandlung,
Bogen des Blutes, Brückenschlag des Pulses,
führ mich zum andern Ufer dieser Nacht dort,
wo ich du bin, wir jeder wahrhaft wir sind,
hin zu dem Reich verflochtener Pronomen,

Türe des Seins: schließ auf dein Sein, erwache,
lerne auch du zu sein, form dein Gesicht dir,

trabaja tus facciones, ten un rostro
para mirar mi rostro y que te mire,
para mirar la vida hasta la muerte,
rostro de mar, de pan, de roca y fuente,
manantial que disuelve nuestros rostros
en el rostro sin nombre, el ser sin rostro,
indecible presencia de presencias . . .

quiero seguir, ir más allá, y no puedo:
se despeñó el instante en otro y otro,
dormí sueños de piedra que no sueña
y al cabo de los años como piedras
oí cantar mi sangre encarcelada,
con un rumor de luz el mar cantaba,
una a una cedían las murallas,
todas las puertas se desmoronaban
y el sol entraba a saco por mi frente,
despegaba mis párpados cerrados,
desprendía mi ser de su envoltura,
me arrancaba de mí, me separaba
de mi bruto dormir siglos de piedra
y su magia de espejos revivía
un sauce de cristal, un chopo de agua,
un alto surtidor que el viento arquea,
un árbol bien plantado mas danzante,
un caminar de río que se curva,
avanza, retrocede, da un rodeo
y llega siempre:

México, 1957

arbeite deine Züge aus, besitze
Gesicht, daß du das meine ansiehst und ich
deines, das Leben schauend bis zum Tode,
Gesicht von Meer, von Brot, von Fels und Brunnen,
Quellstrom, in dem sich lösen unsre Mienen
zum Antlitz Namenlos, Sein ohne Antlitz,
sprachlose Gegenwart von Gegenwarten ...

ich möchte weiter, weiter gehn und kann nicht,
der Augenblick fiel in den nächsten, tiefer,
ich lag im Traum von Stein, der keinen Traum kennt,
und da, am Ende der versteinten Jahre,
hört' ich mein Blut in seinem Kerker singen,
Es sang das Meer mit einem lichten Rauschen,
die Mauern wichen, eine nach der andern,
alle Türen zerbrachen, und die Sonne
drang jäh in meine Stirn ein, sengend, plündernd,
zwang auseinander die verklebten Lider,
zerfetzte die Verschnürung meines Wesens,
raubte mich meinem Selbstsein, sie entriß mich
meinem jahrhundertalten, dumpfen Steinschlaf,
und aufs neue erstand ihr Spiegelzauber,
Weidenbaum aus Kristall, Erle aus Wasser,
ein hoher Springquell, der sich biegt im Winde,
ein Stamm, verwurzelt, der sich löst im Tanze,
das Wandern eines Flusses, der sich windet,
vordrängt, zurückweicht, einen Umweg wandelt
und immer ankommt:

México, 1957

Blanco/Weiß

Blanco

Como no ha sido posible reproducir aquí todas las características de la edición original de *Blanco* (México, 1967), señalo que este poema debería leerse como una sucesión de signos sobre una página única; a medida que avanza la lectura, la página se desdobla: un espacio que en su movimiento deja aparecer el texto y que, en cierto modo, lo produce. Algo así como el viaje inmóvil al que nos invita un rollo de pinturas y emblemas tántricos: si lo desenrollamos, se despliega ante nuestros ojos un ritual, una suerte de procesión o peregrinación hacia ¿dónde? El espacio fluye, engendra un texto, lo disipa –transcurre como si fuese tiempo. A esta disposición de orden temporal y que es la forma que adopta el curso del poema: su discurso, corresponde otra, espacial: las distintas partes que lo componen están distribuidas como las regiones, los colores, los símbolos y las figuras de un mandala ... La tipografía y la encuadernación de la primera edición de *Blanco* querían subrayar no tanto la presencia del texto como la del espacio que lo sostiene: aquello que hace posible la escritura y la lectura, aquello en que terminan toda escritura y lectura.

Blanco es una composición que ofrece la posibilidad de varias lecturas, a saber:

a] En su totalidad, como un solo texto;
b] la columna del centro, con exclusión de las de izquierda y derecha, es un poema cuyo tema es el tránsito de la palabra, del silencio al silencio (de lo »en blanco« a lo blanco – al blanco), pasando por cuatro estados: amarillo, rojo, verde y azul;
c] la columna de la izquierda es un poema dividido en cuatro

Weiß

Da es nicht möglich gewesen ist, hier alle Besonderheiten der Originalausgabe von *Blanco* (México, 1967) wiederzugeben, weise ich darauf hin, daß dieses Gedicht als eine Abfolge von Zeichen auf einer einzigen Seite gelesen werden sollte. Gemäß dem Fortschreiten der Lektüre entfaltet sich die Seite: ein Raum, der in seiner Bewegung den Text erscheinen läßt und der ihn gewissermaßen hervorbringt. Vergleichbar etwa der reglosen Reise, zu der uns eine tantristische Bildrolle mit ihren Gemälden und Emblemen einlädt: wenn wir sie entrollen, so entfaltet sich vor unseren Augen ein Ritual, eine Art Prozession oder Pilgerfahrt – wohin? Der Raum fließt, zeugt einen Text, läßt ihn verschwinden – verstreicht, als wäre er Zeit. Dieser Anordnung im zeitlichen Sinn – und das heißt: der Form, die der Verlauf des Gedichts annimmt, sein Diskurs – entspricht eine andere, räumliche: die verschiedenen Teile, aus denen es sich zusammensetzt, sind verteilt wie die Regionen, die Farben, die Symbole und die Figuren eines Mandala . . . Die Typographie und der Einband der Erstausgabe von *Blanco* wollten nicht so sehr die Anwesenheit des Textes unterstreichen, sondern vielmehr die des Raumes, der ihn trägt: das, was die Schrift und die Lektüre möglich macht, das, worin alle Schrift und alle Lektüre enden.

Blanco ist eine Komposition, die mehrere Leseweisen zur Auswahl anbietet, nämlich:

a) den Text als Ganzes zu lesen, als einen einzigen Text;
b) die mittlere Kolumne, ohne die linke und die rechte zu beachten; sie ist ein Gedicht, dessen Thema der Übergang des Wor-

momentos que correspondent a los cuatro elementos tradicionales;

d] la columna de la derecha es otro poema, contrapunto del anterior y compuesto de cuatro variaciones sobre la sensación, la percepción, la imaginación y el entendimiento;

e] cada una de las cuatro partes formadas por dos columnas puede leerse, sin tener en cuenta esa división, como un solo texto: cuatro poemas independientes;

f] la columna del centro puede leerse como seis poemas sueltos y las de izquierda y derecha como ocho.

tes ist, vom Schweigen zum Schweigen (vom *en blanco*, dem Weiß des unbeschriebenen Blattes, *a lo blanco*, zum Weißen, – *al blanco*, ins Ziel), wobei es vier Stadien passiert: Gelb, Rot, Grün und Blau;

c) die Kolumne zur Linken; sie ist ein Gedicht, das sich aufteilt in vier Momente, die den vier traditionellen Elementen entsprechen;

d) die Kolumne zur Rechten; sie ist ein anderes Gedicht, Kontrapunkt des vorigen und komponiert aus vier Variationen über die Sinnesempfindung, die Wahrnehmung, die Einbildungskraft und das Begriffsvermögen;

e) jeden einzelnen der vier Teile, die zweispaltig auftreten, kann man, ohne die Kolumnentrennung zu beachten, als *einen* Text lesen: vier selbstständige Gedichte;

f) die Kolumne in der Mitte kann man als sechs Einzelgedichte lesen, und die der rechten und linken als acht.

By passion the world is bound, by
passion too it is released.
»The Hevajra Tantra«

Avec ce seul objet dont le Néant s'honore.
Stéphane Mallarmé

el comienzo
el cimiento
la simiente
latente
la palabra en la punta de la lengua
inaudita inaudible
impar
grávida nula
sin edad
la enterrada con los ojos abiertos
inocente promiscua
la palabra
sin nombre sin habla

der urmoment
das fundament
das samenkorn
latent
das wort auf der spitze der zunge
unerhört unhörbar
unvergleichlich
trächtig nichtig
alterslos
die begrabene mit den offenen augen
unschuldig zweideutig
das wort
ohne namen ohne rede

Sube y baja,
escalera de escapulario,
el lenguaje deshabitado.
Bajo la piel de la penumbra
late una lámpara.
                    Superviviente
entre las confusiones taciturnas,
                                        asciende
en un tallo de cobre
                    resuelto
en un follaje de claridad:
                              amparo
de caídas realidades.
                    O dormido
o extinto,
          alto en su vara
(cabeza en una pica),
                    un girasol
ya luz carbonizada
                    sobre un vaso
de sombra.
          En la palma de una mano
ficticia,
     flor
ni vista ni pensada:
                    oída,
aparece
     amarillo
cáliz de consonantes y vocales
incendiadas.

Auf steigt und ab,
Strickleiter im Stollenschacht,
die unbewohnte Sprache.
Unter der Haut des Dämmerdunkels
pocht ein Lampendocht.
Überlebend
unter den schweigsamen Wirrnissen,
aufstrebend
in einem Stengel aus Kupfer,
aufgelöst
in ein Laubwerk aus Helligkeit:
Schutz
abgesunkener Wirklichkeiten.
Entweder eingeschlafen
oder ausgelöscht,
hoch auf ihrem Stiel
(Kopf auf einem Spieß),
eine Sonnenblume,
schon verkohltes Licht
über einem Gefäß
voll Schatten.
Auf der Fläche einer fiktiven
Hand,
Blüte,
weder gesehen noch gedacht:
gehört,
erscheint sie
gelb:
Kelch voller Konsonanten und entflammter Vokale.

en el muro la sombra del fuego
en el fuego tu sombra y la mía

el fuego te desata y te anuda
Pan Grial Ascua
Muchacha
tú ríes – desnuda
en los jardines de la llama

llama rodeada de leones
leona en el circo de las llam
ánima entre las sensaciones

frutos de luces de bengala
los sentidos se abren
en la noche magnética

La pasión de la brasa compasiva

auf der mauer der schatten des feuers
in dem feuer dein schatten und der meine

das feuer entfesselt dich und knotet dich an
Brot Gral Glut
                Mädchen
du lachst – nackt
in den gärten der flamme

flamme umringt von löwen
löwin im zirkus der flammen
seele zwischen den empfindungen

früchte aus bengalischem licht
die sinne öffnen sich
in der magnetischen nacht

die leidenschaft der mitleidenden glut

Un pulso, un insistir,
oleaje de sílabas húmedas.
Sin decir palabra
oscurece mi frente
un presentimiento de lenguaje.
Patience patience
(Livingston en la sequía)
river rising a little.
El mío es rojo y se agosta
entre sableras llameantes:
Castillas de arena, naipes rotos
y el jeroglífico (agua y brasa)
en el pecho de México caído.
Polvo soy de aquellos lodos.
Río de sangre,
                    río de historias
de sangre,
            río seco:
boca de manantial
amordazado
por la conjuración anónima
de los huesos,
por la ceñuda peña de los siglos
y los minutos:
                    el lenguaje
es una expiación,
                    propiciación
al que no habla,
                    emparedado,
cada día
            asesinado,
el muerto innumerable.

Ein Pulsschlag, ein Andringen,
Anbranden von feuchten Silben.
Ohne ein Wort zu sagen,
verdunkelt meine Stirn
eine Ahnung von Sprache.
Patience patience
(Livingston in der Trockenzeit)
river rising a little.
Der meine ist rot und dörrt aus
zwischen lodernden Dünen:
sandiges Kastilien, zerfallene Spielkarten
und die Hieroglyphe (Wasser und Glut)
auf der Brust des gefallenen México.
Staub bin ich von jenen Schlammflächen.
Ein Blutfluß,
                    ein Fluß von
Blutgeschichten,
                        vertrockneter Fluß:
Quellmund,
verstopft
durch das namenlose Komplott
der Gebeine,
durch die klamme, felsgraue Clique der Jahrhunderte
und der Minuten:
                         die Sprache
ist eine Buße,
                    eine Sühneabgabe
für den, der nicht redet,
                              eingemauert,
tagtäglich
                hingemordet,
der unzählige Tote.

Hablar
mientras los otros trabajan
es pulir huesos,
aguzar
silencios
hasta la transparencia,
hasta la ondulación,
el cabrilleo,
hasta el agua:

Reden,
während die anderen arbeiten,
heißt Knochen polieren,
Schweigen
wetzen
bis zur Durchsichtigkeit,
bis zum Welligwerden,
zum Glitzerkräuseln,
zum Wasser:

los ríos de tu cuerpo	*el río de los cuerpos*
país de latidos	*astros infusorios reptiles*
entrar en ti	*torrente de cinabrio sonámbule*
país de ojos cerrados	*oleaje de las genealogías*
agua sin pensamientos	*juegos conjugaciones juglarías*
entrar en mí	*subyecto y abyecto abyecto y absuel*
al entrar en tu cuerpo	*río de soles*
país de espejos en vela	*»las altas fieras de la piel luciente«*
país de agua despierta	*rueda el río seminal de los mundos*
en la noche dormida	*el ojo que lo mira es otro río*
me miro en lo que miro	*es mi creación esto que veo*
como entrar por mis ojos	*la percepción es concepción*
en un ojo más límpido	*agua de pensamientos*
me mira lo que miro	*soy la creación de lo que veo*
delta de brazos del desco	*agua de verdad*
en un lecho de vértigos	*verdad de agua*

La transparencia es todo lo que queda

die flüsse deines körpers
land des herzpochens
eindringen in dich
land geschlossener augen
wasser ohne gedanken

der fluß der körper
gestirne infusorien reptile
nachtwandelnder zinnoberschwall
wogengang der geschlechterfolgen
schaukelspiele paarungsgewühle gaukelkünste

eindringen in mich
beim eindringen in deinen körper
land der wachen spiegel
land des munteren wassers
in der schlummernden nacht

unterworfen und dazwischen geworfen verworfen und losgesprochen
ein fluß von sonnen
»die erhabenen raubtiere mit dem schimmernden fell«
es flutet der samenfluß der welten
das auge das ihn schaut ist ein anderer fluß

ich schaue mich an in dem was ich anschaue
wie eindringen durch meine augen
in ein klareres auge
mich schaut an was ich anschaue

meine schöpfung ist das hier was ich sehe
die wahrnehmung ist vorstellung
wasser der gedanken
ich bin die schöpfung dessen was ich sehe

delta von armen der begierde
auf einem taumellager

wasser der wahrheit
wahrheit des wassers

Die Transparenz ist alles was bleibt

Paramera abrasada
del amarillo al encarnado
la tierra es un lenguaje calcinado.
Hay púas invisibles, hay espinas
en los ojos.
En un muro rosado
tres buitres ahítos.
No tiene cuerpo ni cara ni alma,
está en todas partes,
a todos nos aplasta:
este sol es injusto.
La rabia es mineral.
Los colores
se obstinan.
Se obstina el horizonte.
Tambores tambores tambores.
El cielo se ennegrece
como esta página.
Dispersión de cuervos.
Inminencia de violencias violetas.
Se levantan los arenales,
la cerrazón de reses de ceniza.
Mugen los árboles encadenados.
Tambores tambores tambores.
Te golpeo cielo,
tierra te golpeo.
Cielo abierto, tierra cerrada,
flauta y tambor, centella y trueno,
te abro, te golpeo.
Te abres, tierra,
tienes la boca llena de agua,
tu cuerpo chorrea cielo,

Öde, versengt
vom Gelb bis zum Inkarnat:
die Erde ist eine ausgebrannte Sprache.
Es gibt unsichtbare Stacheln, es gibt Splitter
in den Augen.
Auf einer rosigen Mauer
drei übersättigte Geier.
Sie hat weder Körper noch Gesicht noch Seele,
ist überall,
zermalmt uns alle:
diese Sonne ist ungerecht.
Die Wut ist erzen.
Die Farben
sind verstockt.
Verstockt ist der Horizont.
Trommeln Trommeln Trommeln.
Der Himmel wird schwarz
wie diese Seite.
Auseinanderstiebende Krähen.
Anrückende Drohung violetter Gewalten.
Es erheben sich die Sandwüsten,
das geballte Gewölk der Aschenrinder.
Es brüllen die angeketteten Bäume.
Trommeln Trommeln Trommeln.
Ich schlage dich, Himmel,
Erde, ich schlage dich.
Offener Himmel, verschlossene Erde,
Flöte und Trommel, Blitz und Donner,
ich öffne dich, ich schlage dich.
Du öffnest dich, Erde,
hast den Mund voller Wasser,
dein Leib trieft von Himmel,

tierra, revientas,
tus semillas estallan
                    verdea la palabra

Erde, du platzt,
deine Samen bersten,
es grünt das Wort.

se desata se esparce *árida ondulación*
se levanta se erige Ídolo *entre brazos de arena*
desnuda como la mente *brilla se multiplica se niega*
en la reverberación del deseo *renace se escapa se persigue*
girando girando *visión del pensamiento gavilán*
en torno a la idea negra *cabra en la peña hendida*
el vellón de la juntura *paraje desnudo*
en la mujer desnuda *snap-shot de un latido de tiempo*
pirausta nudo de presencias *real irreal quieto vibrante*
inmóvil bajo el sol inmóvil *pradera quemada*
del color de la tierra *color de sol en la arena*
la yerba de mi sombra *sobre el lugar de la juntura*
mis manos de lluvia *oscurecida por los pájaros*
sobre tus pechos verdes *beatitud suficiente*
mujer tendida *hecha a la imagen del mundo*
El mundo haz de tus imágenes

sie macht sich los breitet vergnügt sich aus *trockene wellenbewegung*
sie erhebt sich wirft sich auf als Idol *zwischen armen aus sand*
nackt wie der verstand *glänzt sie vervielfacht sich verleugnet sich*
im glitzernden widerschein der begierde wird *sie wiedergeboren entwischt verfolgt sich*
kreisend kreisend *vision des denkens sperber*
rings um die schwarze idee *ziege auf dem gespaltenen felsen*
der flaum am verbindungsort *nacktes gelände*
auf der nackten frau *snap-shot von einem pulsschlag der zeit*
feuerfalter des gegenwärtigen *wirklich unwirklich ruhig bebend*
reglos unter der reglosen sonne *verbrannte wiese*
von der farbe der erde *sonnenfarbe auf dem sand*
das gras meines schattens *auf dem ort der verbindung*
meine regenhände *verdunkelt von den vögeln*
auf deinen grünen brüsten *seligkeit genug*
liegende frau *gemacht nach dem bild der erde*

Die welt bündel deiner bilder

Del amarillo al rojo al verde,
peregrinación hacia las claridades,
la palabra se asoma a remolinos
azules.
        Gira el anillo beodo,
giran los cinco sentidos
alrededor de la amatista
ensimismada.
                Traslumbramiento:
no pienso, veo
                - no lo que veo,
los reflejos, los pensamientos veo.
Las precipitaciones de la música,
el número cristalizado.
Un archipiélago de signos.
Aerofanía,
        boca de verdades,
claridad que se anula en una sílaba
diáfana como el silencio:
no pienso, veo
                - no lo que pienso,
la cara en blanco del olvido,
el resplandor de lo vacío.
Pierdo mi sombra,
                avanzo
entre los bosques impalpables,
las esculturas rápidas del viento,
los sinfines,
        desfiladeros afilados,
avanzo,
    mis pasos
            se disuelven

Vom Gelb zum Rot zum Grün,
Pilgerwanderung hin zu den Helligkeiten,
das Wort taucht auf in blauen
Strudeln.
Es kreist der trunkene Ring,
es kreisen die fünf Sinne
um den selbstversunkenen
Amethyst.
Blendung:
ich denke nicht, ich sehe
– nicht, was ich sehe,
die Reflexe, die Gedanken sehe ich.
Die herabstürzenden Schauer der Musik,
die kristallisierte Zahl.
Ein Archipel von Zeichen.
Durchsichtigkeit,
Mund von Wahrheiten,
Klarheit, die sich aufhebt in einer Silbe,
lichtdurchlässig wie das Schweigen:
ich denke nicht, ich sehe
– nicht, was ich denke,
das weiße, ausgelöschte Gesicht des Vergessens,
den Glanz der Leere.
Ich verliere meinen Schatten,
gehe weiter
durch die ungreifbaren Wälder,
zwischen den flinken Skulpturen des Windes,
endlos fliehenden Fließbändern,
durch filterdünne Engpässe
gehe ich weiter,
meine Schritte
entschwinden

en un espacio que se desvanece
en pensamientos que no pienso.

in einem Raum, der sich auflöst
in Gedanken, die ich nicht denke.

caes de tu cuerpo a tu sombra *no allá sino en mis ojos*
en un caer inmóvil de cascada *cielo y suelo se juntan*
caes de tu sombra a tu nombre *intocable horizonte*
te precipitas en tus semejanzas *yo soy tu lejanía*
caes de tu nombre a tu cuerpo *el más allá de la mirada*
en un presente que no acaba *las imaginaciones de la arena*
caes en tu comienzo *las disipadas fábulas del viento*
derramada en mi cuerpo *yo soy la estela de tus erosiones*
tú te repartes como el lenguaje *espacio dios descuartizado*
tú me repartes en tus partes *altar el pensamiento y el cuchillo*
vientre teatro de la sangre *eje de los solsticios*
yedra arbórea lengua tizón de frescura *el firmamento es macho y hemb*
temblor de tierra de tu grupa *testigos los testículos solares*
lluvia de tus talones en mi espalda *falo el pensar y vulva la palabra*
ojo jaguar en espesura de pestañas *espacio es cuerpo signo pensamiento*
la hendidura encarnada en la maleza *siempre dos sílabas enamoradas*
los labios negros de la profetisa *A d i v i n a n z a*
entera en cada parte te repartes *las espirales transfiguraciones*
tu cuerpo son los cuerpos del instante *es cuerpo el tiempo el mundo*
pensado soñado encarnado *visto tocado desvanecido*

du fällst von deinem körper zu deinem schatten *nicht dort sondern in meinen augen*
in reglos stetem sturz wie ein wasserfall *himmel und boden verbinden sich*
du fällst von deinem schatten zu deinem namen *unberührbarer horizont*
du stürzt dich in dinge deinesgleichen *ich bin deine ferne*
du fällst von deinem namen zu deinem körper *jenseits des blicks*
in einer gegenwart die nicht aufhört *die phantasien des sandes*
du fällst in deinen ursprung *die verflogenen fabeln des windes*
ergossen in meinen Körper *ich bin die rinne deiner erosionen*
du teilst dich aus wie die sprache *raum gott gevierteilt*
du teilst mich auf in deine teile *altar das denken und das messer*
bauch theater des blutes *achse der sonnenwenden*
efeubaum zunge brandscheit voll frische *das firmament ist mann und weib*
erdbeben deiner kruppe *zeugen sind die sonnenboden*
regen deiner fersen auf meinem rücken *phallus das denken und vulva das wort*
auge jaguar im wimperndickicht *raum ist körper zeichen gedanke*
die fleischrote spalte im gestrüpp *immer zwei verliebte silben*
die schwarzen lippen der prophetin *R ä t s e l*
ganz in jedem teil verteilst du dich *die spiralverwandlungen*
dein körper sind die körper des augenblicks *körper ist die zeit die welt*
gedacht geträumt fleischgeworden *gesehen berührt entschwunden*

contemplada por mis oídos
olida por mis ojos
acariciada por mi olfato
oída por mi lengua
comida por mi tacto

horizonte de música tendida
puente colgante del color al arom
olor desnudez en las manos del a
cántico de los sabores
festín de niebla

habitar tu nombre
caer en tu grito contigo

despoblar tu cuerpo
casa del viento

La irrealidad de lo mirado
da realidad a la mirada

betrachtet von meinen ohren
gerochen von meinen augen
gestreichelt von meinem geruchssinn
gehört von meiner zunge
gegessen von meinem tastgefühl

horizont aus hingestreckter musik
hängebrücke von der farbe zum duft
geruch nacktheit in den händen der luft
lobgesang der geschmäcke
festmahl aus nebel

bewohnen deinen namen
fallen in deinen schrei mit dir

entvölkern deinen körper
haus des windes

Die unwirklichkeit des erblickten
gibt wirklichkeit dem blick

En el centro
del mundo del cuerpo del espíritu
la grieta el resplandor
No
En el remolino de las desapariciones
el torbellino de las apariciones
Sí
El árbol de los nombres
No
es una palabra
Sí
es una palabra
aire son nada
son
este insecto
revoloteando entre las lineas
de la página
inacabada
inacabable
El pensamiento
revoloteando
entre estas palabras
Son
tus pasos en el cuarto vecino
los pájaros que regresan
El árbol *nim* que nos protege
los protege
Sus ramas acallan al trueno
apagan al relámpago
En su follaje bebe agua la sequía
Son
esta noche
(esta música)

In der Mitte
der Welt des Körpers des Geistes
die Ritze der Glanz
Nein
Im Strudel des Verschwindenden
der Wirbel der Erscheinungen
Ja
Der Baum der Namen
Nein
ist ein Wort
Ja
ist ein Wort
Luft sind sie nichts
sind
dieses Insekt
das umherflattert zwischen den Zeilen
der Seite
der unvollendeten
unvollendbaren
Das Denken
das umherflattert
zwischen den Wörtern
Sie sind
deine Schritte im Nebenzimmer
die Vögel die zurückkehren
der Baum *Nim* der uns beschützt
sie beschützt
Seine Zweige bringen den Donner zum Schweigen
löschen den Blitz
In seinem Laub trinkt Wasser die Dürre
Sie sind
diese Nacht
(diese Musik)

Mírala fluir
entre tus pechos caer
sobre tu vientre
blanca y negra
primavera nocturna
jazmín y ala de cuervo
tamborino y *sitar*
No y Sí
juntos
dos sílabas enamoradas

Si el mundo es real
la palabra es irreal
Si es real la palabra
el mundo
es la grieta el resplandor el remolino
No
las desapariciones y las apariciones
Sí
el árbol de los nombres
Real irreal
son palabras
aire son nada
El habla
irreal
da realidad al silencio
Callar
es un tejido de lenguaje
Silencio
sello
centelleo
en la frente

Schau wie sie fließt
hinabrinnt zwischen deinen Brüsten
auf deinen Bauch
weiß und schwarz
nächtlicher Frühling
Jasmin und Rabenflügel
Tamburin und *Sitar*
Nein und Ja
beisammen
zwei verliebte Silben

Wenn die Welt wirklich ist
so ist das Wort unwirklich
Wenn wirklich ist das Wort
so ist die Welt
die Ritze der Glanz der Wirbel
Nein
das Verschwindende und die Erscheinungen
Ja
der Baum der Namen
Wirklich unwirklich
sind Wörter
Luft sind sie nichts
Die Rede
die unwirkliche
gibt Wirklichkeit der Stille
Verschweigen
ist ein Gewebe aus Sprache
Stille
Siegel
Funkeln
auf der Stirn

en los labios
antes de evaporarse
Apariciones y desapariciones
La realidad y sus resurrecciones
El silencio reposa en el habla
El espiritu
es una invención del cuerpo
El cuerpo
es una invención del mundo
El mundo
es una invención del espíritu
No Sí
irrealidad de lo mirado
la transparencia es todo lo que queda
Tus pasos en el cuarto vecino
el trueno verde
madura
en el follaje del cielo
Estás desnuda
como una sílaba
como una llama
una isla de llamas
pasión de brasa compasiva
El mundo
haz de tus imágenes
anegadas en la música
Tu cuerpo
derramado en mi cuerpo
visto
desvanecido
da realidad a la mirada

Delhi, del 23 de julio al 25 de septiembre de 1966

auf den Lippen
ehe alles verdunstet
Erscheinungen und Verflüchtigungen
Die Wirklichkeit und ihre Auferstehungen
Das Schweigen ruht in der Rede
Der Geist
ist eine Erfindung des Körpers
Der Körper
ist eine Erfindung der Welt
Die Welt
ist eine Erfindung des Geistes
Nein Ja
Unwirklichkeit des Geschauten
Die Transparenz ist alles was bleibt
Deine Schritte im Nebenzimmer
der grüne Donner
reift
im Laubwerk des Himmels
Du bist nackt
wie eine Silbe
wie eine Flamme
eine Insel aus Flammen
Leidenschaft mitleidender Glut
Die Welt
Bündel deiner Bilder
zerfließend in der Musik
Dein Körper
ergossen in meinen Körper
gesehen
entschwunden
gibt Wirklichkeit dem Blick

Delhi, vom 23. Juli bis zum 25. September 1966

Nocturno de San Ildefonso
Nachtstück von San Ildefonso

1

Inventa la noche en mi ventana
otra noche,
otro espacio:
fiesta convulsa
en un metro cuadrado de negrura.
Momentáneas
confederaciones de fuego,
nómadas geometrías,
números errantes.
Del amarillo al verde al rojo
se desovilla la espiral.
Ventana:
lámina imantada de llamadas y respuestas,
caligrafía de alto voltaje,
mentido cielo/infierno de la industria
sobre la piel cambiante del instante.

Signos-semillas:
la noche los dispara,
suben,
estallan allá arriba,
se precipitan,
ya quemados,
en un cono de sombra,
reaparecen,
lumbres divagantes,
racimos de sílabas,
incendios giratorios,
se dispersan,
otra vez añicos.

1

Die Nacht erfindet in meinem Fenster
eine andere Nacht,
einen anderen Raum:
zuckendes Festgetümmel
auf einem Quadratmeter Schwärze.
Feurige
Augenblicksbündnisse,
nomadische Geometrien,
streunende Zahlen.
Vom Gelb zum Grün zum Rot
entrollt sich die Spirale.
Fenster:
Folie, magnetisch geladen mit Anrufen und Antworten,
Hochspannungskalligraphie,
trügerisches Himmel/Hölle-Spiel der Industrie
auf der wandelhaften Haut des Augenblicks.

Zeichen-Samen:
die Nacht schleudert sie aus,
sie steigen empor,
bersten da droben,
stürzen ab,
schon verbrannt,
in einen Schattenkegel,
tauchen wieder auf,
ein Funkengestöber,
Silbentrauben,
kreisende Brände,
stieben auseinander,
aufs neue zersplittert.

La ciudad los inventa y los anula.

Estoy a la entrada de un túnel.
Estas frases perforan el tiempo.
Tal vez yo soy ese que espera al final del túnel.
Hablo con los ojos cerrados.
Alguien
ha plantado en mis párpados
un bosque de agujas magnéticas,
alguien
guía la hilera de estas palabras.
La página
se ha vuelto un hormiguero.
El vacío
se estableció en la boca de mi estómago.
Caigo
interminablemente sobre ese vacío.
Caigo sin caer.
Tengo las manos frías,
los pies fríos
– pero los alfabetos arden, arden.
El espacio
se hace y se deshace.
La noche insiste,
la noche palpa mi frente,
palpa mis pensamientos.
¿Qué quiere?

Die Stadt erfindet und tilgt sie.

Ich bin am Eingang eines Tunnels.
Diese Sätze durchlöchern die Zeit.
Vielleicht bin ich der, welcher wartet am Ende des Tunnels.
Ich spreche mit geschlossenen Augen.
Jemand
hat auf meinen Lidern
einen Wald von Magnetnadeln gepflanzt,
jemand
lenkt die Reihe dieser Wörter.
Die Seite
ist ein Ameisenhaufen geworden.
Die Leere
hat sich niedergelassen im Mund meines Magens.
Ich falle
unaufhörlich in diese Leere.
Ich falle, ohne zu fallen.
Mich friert an den Händen,
friert an den Füßen
– aber die Alphabete glühen, glühen.
Der Raum
entsteht und vergeht.
Die Nacht beharrt,
die Nacht befühlt meine Stirn,
befühlt meine Gedanken.
Was will sie?

2

Calles vacías, luces tuertas:
En una esquina,
el espectro de un perro.
Busca, en la basura,
Un hueso fantasma.
Gallera alborotada:
patio de vecindad y su mitote.
México, hacia 1931.
Gorriones callejeros,
una bandada de niños
con los periódicos que no vendieron
hace un nido.
Los faroles inventan,
en la soledumbre,
charcos irreales de luz amarillenta.
Apariciones,
el tiempo se abre:
un taconeo lúgubre, lascivo:
bajo un *cielo de hollín*
la llamarada de una falda.
C'est la mort – ou la morte . . .
El viento indiferente
arranca en las paredes anuncios lacerados.

A esta hora
los muros rojos de San Ildefonso
son negros y respiran:
sol hecho tiempo,
tiempo hecho piedra,
piedra hecha cuerpo.

2

Leere Straßen, trübe Lichter.
An einer Ecke
die Spukgestalt eines Hundes.
Er sucht, im Kehricht,
nach einem Gespensterknochen.
Tumult im Hahnenstall:
ein Miethaus-Patio mit seinem Krawall.
Mexiko, um 1931.
Gassenspatzen,
ein Schwarm von Kindern
macht aus den Zeitungen, den nicht verkauften,
ein Nest.
Die Straßenlaternen erfinden,
in der Ödnis,
unwirkliche Pfützen aus fahlgelbem Licht.
Erscheinungen,
die Zeit tut sich auf:
ein Hackenstampfen, traurig, triebhaft:
unter einem *rußigen Himmel*
das Flackerfeuer eines Frauenrocks.
C'est la mort – ou la morte . . .
Der gleichgültige Wind
reißt zerschlissene Plakate von den Hauswänden ab.

Um diese Stunde
sind die roten Mauern von San Ildefonso
schwarz und atmen:
Sonne, zu Zeit geworden,
Zeit, zu Stein geworden,
Stein, zu Körper geworden.

Estas calles fueron canales.
                                        Al sol,
las casas eran plata:
                                ciudad de cal y canto,
luna caída en el lago.
                                Los criollos levantaron,
sobre el canal cegado y el ídolo enterrado,
otra ciudad
                    – no blanca: rosa y oro –
idea vuelta espacio, número tangible.
                                                La asentaron
en el cruce de las ocho direcciones,
                                                sus puertas
a lo invisible abiertas:
                                el cielo y el infierno.

Barrio dormido.
                        Andamos por galerías de ecos,
entre imágenes rotas:
                                nuestra historia.
Callada nación de las piedras.
                                        Iglesias,
vegetación de cúpulas,
                                sus fachadas
petrificados jardines de símbolos.
                                                Embarrancados
en la proliferación rencorosa de casas enanas,
palacios humillados,
                                fuentes sin agua,
afrentados frontispicios.
                                        Cúmulos,
madréporas insubstanciales:

Diese Straßen waren Kanäle.
In der Sonne
waren Silber die Häuser:
eine Stadt, festlich und festgefügt,
Mond, in den See gefallen.
Die Kreolen errichteten
über dem erblindeten Kanal und dem verschütteten Idol
eine andere Stadt
– nicht weiß: Rose und Gold –
Idee, in Raum verwandelt, berührbare Zahl.
Sie erbauten sie
am Schnittpunkt der acht Himmelsrichtungen,
ihre Tore
offen zum Unsichtbaren:
zum Himmel und zur Hölle.

Schlummerndes Viertel.
Wir schreiten durch Galerien voller Widerhall
zwischen zerstörten Bildern:
unsere Geschichte.
Verschwiegene Nation der Steine.
Kirchen,
Vegetation von Kuppeln,
ihre Fassaden
versteinerte Gärten aus Symbolen.
Steckengeblieben
in der wütenden Wucherung zwergiger Häuser,
gedemütigte Paläste,
Brunnen ohne Wasser,
beschämte Schaugiebel.
Wolkengipfel,
entstofflichte Sternkorallen:

se acumulan
sobre las graves moles,
vencidas
no por la pesadumbre de los años,
por el oprobio del presente.

Plaza del Zócalo,
vasta como firmamento:
espacio diáfano,
frontón de ecos.
Allí inventamos,
entre Aliocha K. y Julián S.,
sinos de relámpago
cara al siglo y sus camarillas.
Nos arrastra
el viento del pensamiento,
el viento verbal,
el viento que juega con espejos,
señor de reflejos,
constructor de ciudades de aire,
geometrías
suspendidas del hilo de la razón.

Gusanos gigantes:
amarillos tranvías apagados.
Eses y zetas:
un auto loco, insecto de ojos malignos.
Ideas,
frutos al alcance de la mano.
Frutos: astros.
Arden.
Arde, árbol de pólvora,
el diálogo adolescente,

sie gipfeln sich auf
über den schweren Massen,
niedergedrückt
nicht durch die Last der Jahre,
durch die Schmach des Geschehens von heute.

Plaza del Zócalo,
weit wie ein Himmelsgewölb:
lichtdurchfluteter Raum,
Prallwände für den Echoball.
Da heckten wir,
mit Aljoscha K. und Julien S.,
Blitz- und Donnerschläge aus
gegen das Jahrhundert und seine Schranzencliquen.
Hingerissen
vom Wind des Gedankens,
vom Wind der Wörter,
vom Wind, der mit Spiegeln spielt,
Glanz und Widerglanz befiehlt,
Konstrukteur von Luftstädten,
Geometrien,
die in der Schwebe hängen am Faden der Vernunft.

Riesenwürmer:
gelbe, erloschene Straßenbahnen.
S-Schleifen, Z-Kurven:
ein irres Auto, Insekt mit boshaften Augen.
Ideen,
Früchte, mit Händen zu greifen.
Früchte: Gestirne.
Sie brennen.
Es brennt, ein Raketenbaum, der Jünglingsdialog,

súbito armazón chamuscado.
12 veces
golpea el puño de bronce de las torres.
La noche
estalla en pedazos,
los junta luego y a si misma,
intacta, se une.
Nos dispersamos,
no allá en la plaza con sus trenes quemados,
aquí,
sobre esta página: letras petrificadas.

3

El muchacho que camina por este poema,
entre San Ildefonso y el Zócalo,
es el hombre que lo escribe:
esta página
también es una caminata nocturna.
Aquí encarnan
los espectros amigos,
las ideas se disipan.
El bien, quisimos el bien:
enderezar al mundo.
No nos faltó entereza:
nos faltó humildad.
Lo que quisimos no lo quisimos con inocencia.
Preceptos y conceptos,
soberbia de teólogos:
golpear con la cruz,
fundar con sangre,

jählings entflammter Dachstuhl.
                                                            12mal
schlägt die Bronzefaust der Türme.
                                                                      Die Nacht
zerspringt in Stücke,
                                        fügt sie zusammen und vereint sie
mit sich selbst in Unversehrtheit.
                                                              Wir zerstreuen uns,
nicht dort auf der Plaza mit den ausgebrannten Trams, hier,
auf dieser Seite: versteinerte Buchstaben.

3

Der junge Bursche, der durch dieses Gedicht geht,
zwischen San Ildefonso und dem Zócalo,
ist der Mann, der dies schreibt:
                                                         diese Seite
ist auch ein Gang durch die Nacht.
                                                                  Hier werden Gestalt
die Freundesgespenster,
                                             die Ideen zerstreuen sich.
Das Gute, wir wollten das Gute:
                                                            die Welt ins Lot bringen.
Es fehlte uns nicht an geradem Sinn:
                                                                     uns fehlte die Demut.
Was wir wollten, wollten wir nicht mit Unschuld.
Rezepte und Konzepte:
                                             Hochmut von Theologen:
Dreinschlagen mit dem Kreuz,
                                                         Grund legen mit Blut,

levantar la casa con ladrillos de crimen,
decretar la comunión obligatoria.
Algunos
se convirtieron en secretarios de los secretarios
del Secretario General del Infierno.
La rabia
se volvió filósofa,
su baba ha cubierto al planeta.
La razón descendió a la tierra,
tomó la forma del patíbulo
– y la adoran millones.
Enredo circular:
todos hemos sido,
en el Gran Teatro del Inmundo,
jueces, verdugos, víctimas, testigos,
todos
hemos levantado falso testimonio
contra los otros
y contra nosotros mismos.
Y lo más vil: fuímos
el público que aplaude o bosteza en su butaca.
La culpa que no se sabe culpa,
la inocencia,
fue la culpa mayor.
Cada año fue monte de huesos.

Conversiones, retractaciones, excomuniones,
reconciliaciones, apostasías, abjuraciones,
zig-zag de las demonolatrías y las androlatrías,
los embrujamientos y las desviaciones:
mi historia,
¿son las historias de un error?

das Haus errichten mit Verbrechensziegeln,
die Zwangskommunion dekretieren.
Manche
wurden zu Sekretären der Sekretäre
des Generalssekretärs der Hölle.
Die blinde Wut
gab sich philosophisch,
ihr Geifer hat den Planeten bedeckt.
Die Vernunft stieg herab zur Erde,
nahm die Form des Galgens an
– und Millionen beten sie an.
Verstrickung ringsum:
wir alle waren
im Großen Drecktheater
Richter, Henker, Opfer, Zeugen,
wir alle
haben falsch Zeugnis geredet
wider die Nächsten
und wider uns selbst.
Und das Gemeinste: wir waren
das Publikum, das klatschte oder gähnte im Sperrsitz.
Die Schuld, die sich nicht schuldig weiß,
die Unschuld
war die Hauptschuld.
Jedes Jahr war ein Berg aus Gebeinen.

Bekehrungen, Widerrufungen, Exkommunizierungen,
Versöhnungen, Abspaltungen, Verleugnungsschwüre,
Zickzack der Dämonendienerei und Menschendienerei,
der Behexungen und Verirrungen:
meine Geschichte –
die Geschichten eines Irrtums?

La historia es el error.
La verdad es aquello,
más allá de las fechas,
más acá de los nombres,
que la historia desdeña:
el cada día
– latido anónimo de todos,
latido
único de cada uno –,
el ırrepetible
cada día idéntico a todos los días.
La verdad
es el fondo del tiempo sin historia.
El peso
del instante que no pesa:
unas piedras con sol,
vistas hace ya mucho y que hoy regresan,
piedras de tiempo que son también de piedra
bajo este sol de tiempo,
sol que viene de un día sin fecha,
sol
que ilumina estas palabras,
sol de palabras
que se apaga al nombrarlas.
Arden y se apagan
soles, palabras, piedras:
el instante los quema
sin quemarse.
Oculto, inmóvil, intocable,
el presente – no sus presencias – está siempre.

Entre el hacer y el ver,

Die Geschichte ist der Irrtum.
Die Wahrheit ist das,
was jenseits der Daten ist,
diesseits der Namen,
was die Geschichte mißachtet:
der Alltag
– anonymer Herzschlag von allen,
einzigartiger
Herzschlag von jedem einzelnen –,
der unwiederholbare
Jedertag, identisch mit allen Tagen.
Die Wahrheit
ist der Grund der Zeit ohne Geschichte.
Das Gewicht
des Augenblicks ohne die Last der Wichtigkeit:
ein paar besonnte Steine,
vor langer Zeit schon gesehen und heute wiederkehrend,
Steine aus Zeit, die auch aus Stein sind
unter dieser Sonne aus Zeit,
Sonne, die von einem undatierten Tag kommt,
Sonne,
die diese Wörter erhellt,
Sonne aus Wörtern,
die erlischt, indem man sie nennt.
Es glühen und erlöschen
Sonnen, Wörter, Steine:
der Augenblick verbrennt sie,
ohne selbst zu verbrennen.
Verborgen, reglos, unberührbar,
ist die Gegenwart – nicht ihre Erscheinungen – immer.

Zwischen dem Tun und Schauen,

acción o contemplación,
escogí el acto de palabras:
hacerlas, habitarlas,
dar ojos al lenguaje.
La poesía no es la verdad:
es la resurrección de las presencias,
la história
transfigurada en la verdad del tiempo no fechado.
La poesía,
como la historia, se hace;
la poesía,
como la verdad, se ve.
La poesía:
encarnación
del sol-sobre-las-piedras en un nombre,
disolución
del nombre en un más allá de las piedras.

La poesía,
puente colgante entre historia y verdad,
no es camino hacia esto o aquello:
es ver
la quietud en el movimiento,
el tránsito
en la quietud.
La historia es el camino:
no va a ninguna parte,
todos lo caminamos,
la verdad es caminarlo.
No vamos ni venimos:
estamos en las manos del tiempo.
La verdad:

Aktion oder Kontemplation,
wählte ich das Werk der Wörter:
sie machen, bewohnen,
Augen geben der Sprache.
Die Dichtung ist nicht die Wahrheit:
sie ist die Auferstehung der Erscheinungen,
die Geschichte,
verwandelt in die Wahrheit der undatierten Zeit.
Die Dichtung,
wie die Geschichte, wird gemacht:
die Dichtung,
wie die Wahrheit, wird gesehen.
Die Dichtung:
Fleischwerdung
der Sonne-auf-den-Steinen in einem Namen,
Auflösung
des Namens in einem Jenseits der Steine.

Die Dichtung,
Hängebrücke zwischen Geschichte und Wahrheit,
ist nicht ein Weg zu dem oder jenem:
sie ist Schauen
der Ruhe in der Bewegung,
des Übergangs
in der Ruhe.
Die Geschichte ist der Weg:
er führt nirgendwohin,
wir alle beschreiten ihn,
die Wahrheit ist, ihn zu beschreiten.
Wir gehen nicht, wir kommen nicht:
wir sind in den Händen der Zeit.
Die Wahrheit:

sabernos,
desde el origen,
suspendidos.
Fraternidad sobre el vacío.

4

Las ideas se disipan,
quedan los espectros:
verdad de lo vivido y padecido.
Queda un sabor casí vacío:
el tiempo
– furor compartido –
el tiempo
– olvido compartido –
al fin transfigurado
en la memoria y sus encarnaciones.
Queda
el tiempo hecho cuerpo repartido: lenguaje.

En la ventana,
simulacro guerrero,
se enciende y apaga
el cielo comercial de los anuncios.
Atrás,
apenas visibles,
las constelaciones verdaderas.
Aparece,
entre tinacos, antenas, azoteas,
columna líquida,
más mental que corpórea,

uns zu wissen,
von Anfang an,
in der Schwebe,
Brüderlichkeit über der Leere.

4

Die Ideen zerstreuen sich,
es bleiben die Gespenster:
Wahrheit des Gelebten und Erlittenen.
Es bleibt ein fast leerer Geschmack:
die Zeit
– geteiltes Rasen –
die Zeit
– geteiltes Vergessen –
endlich verwandelt
in die Erinnerung und ihre Inkarnationen.
Es bleibt
die Zeit, zum ausgeteilten Körper geworden: Sprache.

Im Fenster,
kriegerisches Planspiel,
entflammt und erlischt
der Geschäftshimmel der Werbesprüche.
Dahinter,
kaum sichtbar,
die wirklichen Konstellationen.
Es erscheint,
zwischen Fässern, Antennen, Dachterrassen,
eine flüssige Säule,
mehr geistig als körperlich,

cascada de silencio:
la luna.
Ni fantasma ni idea:
fue diosa y es hoy claridad errante.

Mi mujer está dormida.
También es luna,
daridad qui transcurre
– no entre escollos de nubes,
entre las peñas y las penas de los sueños:
también es alma.
Fluye bajo sus ojos cerrados,
desde su frente se despeña,
torrente silencioso,
hasta sus pies,
en si misma se desploma
y de si misma brota,
sus latidos la esculpen,
se inventa al recorrerse,
se copia al inventarse,
entre las islas de sus pechos
es un brazo de mar,
su vientre es la laguna
donde se desvanecen
la sombra y sus vegetaciones,
fluye por su talle,
sube,
desciende,
en si misma se esparce,
se ata
a su fluir,
se dispersa en su forma:

ein Wasserfall aus Stille:
der Mond.
Weder Spuk noch Idee:
Göttin einst, und heute streunende Helle.

Meine Frau ist eingeschlafen.
Sie ist auch Mond,
Helle, die herabrinnt,
nicht zwischen Wolkenklippen,
zwischen Gestein und Pein der Träume:
sie ist auch Seele.
Sie fließt unter ihren geschlossenen Augen,
stürzt herab von ihrer Stirn,
ein lautloser Sturzbach,
bis zu ihren Füßen,
zerfällt in sich selbst,
entquillt aus sich selbst,
ihre Herzschläge meißeln die Gestalt,
sie erfindet sich, indem sie sich durchläuft,
ahmt sich nach, indem sie sich erfindet
zwischen den Inseln ihrer Brüste
ist ein Meeresarm,
ihr Bauch ist die Lagune,
wo sich auflöst
das Dunkel mit seinem Dschungelwuchs,
sie fließt durch ihre Taille,
steigt auf,
sinkt nieder,
zerstreut sich in sich selbst,
bindet sich
an ihr Fließen,
verzweigt sich in ihre Form:

también es cuerpo.
La verdad
es el oleaje de una respiración
y las visiones que miran unos ojos cerrados:
palpable misterio de la persona.

La noche está a punto de desbordarse.
Clarea.
El horizonte se ha vuelto acuático.
Despeñarse
desde la altura de esta hora:
¿morir
será caer o subir,
una sensación o una cesación?
Cierro los ojos,
oigo en mi cráneo
los pasos de mi sangre,
oigo
pasar el tiempo por mis sienes.
Todavía estoy vivo.
El cuarto se ha enarenado de luna.
Mujer:
fuente en la noche.
Yo me fío a su fluír sosegado.

sie ist auch Körper.
Die Wahrheit
ist der Wellengang eines Atems,
die Geschichte, die zwei geschlossene Augen schauen:
tastbares Geheimnis der Person.

Die Nacht rinnt über den Rand.
Es tagt.
Der Horizont ist zur Wasserwelt geworden.
Sich hinabstürzen
von der Höhe dieser Stunde:
Sterben,
wird das ein Fallen oder Steigen sein,
ein Empfinden oder Schwinden?
Ich schließe die Augen,
höre in meinem Schädel
die Schritte meines Blutes,
höre
die Zeit durch meine Schläfen schreiten.
Noch bin ich lebendig.
Das Zimmer ist mit Mondsand bestreut.
Frau:
Quelle in der Nacht.
Ich überlasse mich ihrem gelassenen Fließen.

Von der Kladde zur Klarheit
Pasado en claro

Fair seed-time had my soul, and I grew up
Foster'd alike by beauty and by fear ...

W. W., The Prelude (I, 265–266)

Oídos con el alma,
pasos mentales más que sombras,
sombras del pensamiento más que pasos,
por el camino de ecos
que la memoria inventa y borra:
sin caminar caminan
sobre este ahora, puente
tendido entre una letra y otra.
Como llovizna sobre brasas
dentro de mí los pasos pasan
hacia lugares que se vuelven aire.
Nombres: en una pausa
desaparecen, entre dos palabras.
El sol camina sobre los escombros
de lo que digo, el sol arrasa los parajes
confusamente apenas
amaneciendo en esta página.
el sol abre mi frente,
                                balcón al voladero
dentro de mí.

                    Me alejo de mí mismo,
sigo los titubeos de esta frase,
senda de piedras y de cabras.
Relumbran las palabras en la sombra.
Y la negra marea de las sílabas
cubre el papel y entierra
sus raíces de tinta
en el subsuelo del lenguaje.
Desde mi frente salgo a un mediodía
del tamaño del tiempo.
El asalto de siglos del baniano

Vernommen mit der Seele,
eher Schritte im Kopf als Schatten,
Schatten des Denkens eher noch als Schritte,
auf dem Wege von Echos,
die das Erinnern erfindet und auslöscht:
ohne zu gehen, gehn sie
über dieses Jetzt, Brücke,
ausgespannt zwischen Buchstabe und Buchstabe.
Wie ein Sprühregen über Kohlenglut
gehen in meinem Innern die Schritte
zu Orten hin, die sich in Luft verwandeln.
Namen: in einer Pause
verschwinden sie, zwischen zwei Wörtern.
Die Sonne schweift über die Trümmer
von dem, was ich da sage, die Sonne schleift die Stätten,
die eben erst verschwommen
zum Vorschein kommen, hier, auf dieser Seite,
die Sonne öffnet meine Stirn,
                                        Balkon zum
Steilhang in mir.

Ich gehe weg von mir,
folge all den Schwankungen dieses Satzes,
Steinpfad und Ziegenpfad.
Hell glänzen die Worte im Schatten.
Und die schwarze Flut der Silben
überdeckt das Papier,
begräbt die Tintenwurzeln
im Untergrund der Sprache.
Aus meiner Stirn geh ich hinaus in einen
Mittag, welcher so weit ist wie die Zeit.
Der Ansturm, jahrhundertelang, des Banjans

contra la vertical paciencia de la tapia
es menos largo que esta momentánea
bifurcación del pensamiento
entre lo presentido y lo sentido.
Ni allá ni aquí: por esa linde
de duda, transitada
sólo por espejeos y vislumbres,
donde el lenguaje se desdice,
voy al encuentro de mí mismo.
La hora es bola de cristal.
Entro en un patio abandonado:
aparición de un fresno.
Verdes exclamaciones
del viento entre las ramas.
Del otro lado está el vacío.
Patio inconcluso, amenazado
por la escritura y sus incertidumbres.
Ando entre las imágenes de un ojo
desmemoriado. Soy una de sus imágenes.
El fresno, sinüosa llama líquida,
es un rumor que se levanta
hasta volverse torre hablante.
Jardín ya matorral: su fiebre inventa bichos
que luego copian las mitologías.
Adobes, cal y tiempo:
entre ser y no ser los pardos muros.
Infinitesimales prodigios en sus grietas:
el hongo duende, vegetal Mitrídates,
la lagartija y sus exhalaciones.
Estoy dentro del ojo: el pozo
donde desde el principio un niño
está cayendo, el pozo donde cuento

gegen die senkrechte Geduld der Lehmwand
dauert weniger lang
als diese Augenblicksspaltung des Denkens
in Vorhergefühltes und in Gefühltes.
Nicht dort, nicht hier: auf dieser zweifelhaften
Grenzscheide, überschritten
nur von Luftspiegelungen, Ahnungsschimmern,
wo die Sprache sich selber aufhebt,
gehe ich zur Begegnung mit mir selbst.
Die Stunde ist eine Glaskugel.
Ich betrete einen einsamen Patio:
Erscheinung einer Esche.
Grüne Ausrufezeichen
des Windes zwischen den Zweigen.
Draußen befindet sich die Leere.
Unvollendeter Innenhof, bedroht
von der Schrift und ihren Ungewißheiten.
Ich geh zwischen den Bildern eines
gedächtnisschwachen Auges. Bin eines seiner Bilder.
Die Esche, flüssig sich windende Flamme,
ist ein Rauschen, das sich erhebt,
bis es zum redenden Turm wird.
Garten, der schon Gestrüpp ist: und sein Fieber erfindet
Getier, das dann die Mythen abbildet.
Lehmziegel, Kalk und Zeit:
zwischen Sein und Nichtsein die trüben Mauern.
Unendlich kleine Wunder in den Ritzen und Spalten:
der Koboldpilz, pflanzlicher Mithridates,
die Eidechse und ihr jähes Verschwinden.
Ich bin im Auge drin: dem Brunnen,
wo seit dem Anbeginn ein Kind hinabfällt,
dem Brunnen, wo ich zähle,

lo que tardo en caer desde el principio,
el pozo de la cuenta de mi cuento
por donde sube el agua y baja
mi sombra.

El patio, el muro, el fresno, el pozo
en una claridad en forma de laguna
se desvanecen. Crece en sus orillas
una vegetación de transparencias.
Rima feliz de montes y edificios,
se desdobla el paisaje en el abstracto
espejo de la arquitectura.
Apenas dibujada,
suerte de coma horizontal (ـ)
entre el cielo y la tierra,
una piragua solitaria.
Las olas hablan nahua.
Cruza un signo volante las alturas.
Tal vez es una fecha, conjunción de destinos:
el haz de cañas, prefiguración del brasero.
El pedernal, la cruz, esas llaves de sangre
¿alguna vez abrieron las puertas de la muerte?
La luz poniente se demora,
alza sobre la alfombra simétricos incendios,
vuelve llama quimérica
este volumen lacre que hojeo
(estampas: los volcanes, los cúes y, tendido,
manto de plumas sobre el agua,
Tenochtitlán todo empapado en sangre).
Los libros del estante son ya brasas
que el sol atiza con sus manos rojas.
Se rebela mi lápiz a seguir el dictado.

wie lang ich brauche, fallend von Anbeginn,
dem Brunnen des Geschehns meiner Geschichte,
worin das Wasser steigt und niedersinkt
mein Schatten.

Patio, Mauer, Esche, Brunnen
lösen sich auf in einer Klarheit
in Form einer Lagune. An ihren Ufern wächst
eine Vegetation lichtdurchfluteter Formen.
Glücklicher Reim von Bergen und Gebäuden,
die Landschaft verdoppelt sich im abstrakten
Spiegel der Architektur.
Kaum sichtbar hingezeichnet,
wie ein waagrechtes Komma (ˬ)
zwischen Himmel und Erde,
einsam ein Indio-Einbaum.
Die Wellen sprechen Nahua.
Ein fliegendes Zeichen durchquert die Höhen.
Vielleicht ist es ein Datum, Konjunktion von Geschicken:
Schilfrohrbündel, Urbild des Brandrichtplatzes.
Der Feuerstein, das Kreuz, diese Schlüssel zum Blut
– schlossen sie denn einmal des Todes Tore auf?
Das sinkende Licht, es verweilt noch, entfacht
dort auf dem Teppich symmetrische Brände,
macht zur spukhaften Flamme
diesen lackroten Band, in dem ich blättere
(Stiche, darauf: Vulkane, die Pyramidentempel
und, als ein Federmantel übers Wasser gebreitet,
Tenochtitlán, gänzlich mit Blut durchtränkt).
Die Bücher im Regal sind jetzt schon Glut,
in der die Sonne schürt mit roten Händen.
Der Bleistift weigert sich, meinem Diktat zu folgen.

En la escritura que la nombra
se eclipsa la laguna.
Doblo la hoja. Cuchicheos:
me espían entre los follajes
de las letras.

Un charco es mi memoria.
Lodoso espejo: ¿dónde estuve?
Sin piedad y sin cólera mis ojos
me miran a los ojos
desde las aguas turbias de ese charco
que convocan ahora mis palabras.
No veo con los ojos: las palabras
son mis ojos. Vivimos entre nombres;
lo que no tiene nombre todavía
no existe: *Adán de lodo,*
no un muñeco de barro, una metáfora.
Ver al mundo es deletrearlo.
Espejo de palabras: ¿dónde estuve?
Mis palabras me miran desde el charco
de mi memoria. Brillan,
entre enramadas de reflejos,
nubes varadas y burbujas,
sobre un fondo del ocre al brasilado,
las sílabas de agua.
Ondulación de sombras, visos, ecos,
no escritura de signos: de rumores.
Mis ojos tienen sed. El charco es senequista:
el agua, aunque potable, no se bebe: se lee.
Al sol del altiplano se evaporan los charcos.
Queda un polvo desleal
y unos cuantos vestigios intestados.

In der Schrift, die sie nennt,
verschwindet die Lagune.
Ich blättre um. Gezischel:
man belauscht mich aus dem Laubwerk der
Buchstaben.

Eine Pfütze ist mein Gedächtnis.
Schlammiger Spiegel, wo bin ich gewesen?
Ohne Mitleid und ohne Zorn sehn meine
Augen mir in die Augen
aus den schmutzigen Wassern dieser Pfütze,
die eben jetzt meine Worte herbeirufen.
Ich sehe nicht mit den Augen: die Worte
sind meine Augen. Wir leben mit Namen;
was noch keinen Namen hat, existiert nicht:
Adam aus Lehm, keine tönerne Puppe,
sondern eine Metapher.
Die Welt sehen, das heißt: sie buchstabieren.
Spiegel der Wörter, wo bin ich gewesen?
Meine Worte, sie schauen mich an aus der
Pfütze meiner Erinnerung. Es glänzen,
im Gezweige von Spiegelungen,
zwischen gestrandeten Wolken und Luftblasen,
auf einem Grund von Ocker bis Brasilrot,
die Wassersilben.
Ein Gewoge aus Schatten, Schimmern, Echos,
nicht eine Schrift aus Zeichen: aus Geraune.
Meine Augen sind durstig. Die Pfütze hat's mit Seneca:
das Wasser, obschon trinkbar, trinkt man nicht, nein: man liest es.
Unter der Hochlandsonne, da verdunsten die Pfützen.
Bleibt ein treuloser Staub
und ein paar wirre, nichtssagende Spuren.

¿Dónde estuve?

Yo estoy en donde estuve:
entre los muros indecisos
del mismo patio de palabras.
Abderramán, Pompeyo, Xicoténcatl,
batallas en el Oxus o en la barda
con Ernesto y Guillermo. La mil hojas,
verdinegra escultura del murmullo,
jaula del sol y la centella
breve del chupamirto: la higuera primordial,
capilla vegetal de ritüales
polimorfos, diversos y perversos.
Revelaciones y abominaciones:
el cuerpo y sus lenguajes
entretejidos, nudo de fantasmas
palpados por el pensamiento
y por el tacto disipados,
argolla de la sangre, idea fija
en mi frente clavada.
El deseo es señor de espectros,
el deseo nos vuelve espectros:
somos enredaderas de aire
en árboles de viento,
manto de llamas inventado
y devorado por la llama.
La hendedura del tronco:
sexo, sello, pasaje serpentino
cerrado al sol y a mis miradas,
abierto a las hormigas.

Wo nur war ich?

Ich bin, wo ich gewesen:
zwischen den unbestimmten Mauern
desselben Innenhofs aus Wörtern.
Abd er-Rahman, Pompejus, Xicoténcatl,
Kämpfe am Oxus, auf der Gartenmauer
mit Ernesto und Guillermo. Die tausendblättrige,
schwarzgrünliche Skulptur des Windgemurmels,
Käfig der Sonne und der kurze
Funke des Kolibris: Er, der Ur-Feigenbaum,
gewachsene Kapelle vielgestalter
Rituale, verschieden und verderbt.
Offenbarungen und Abscheulichkeiten:
der Leib und seine Sprachen,
in eins verflochten, Knoten von Phantomen,
sorgsam befühlt vom Denken
und aufgelöst vom Tastsinn,
Halsring des Bluts am Pranger, Zwangsidee,
mir in die Stirn genagelt.
Die Begierde ist Herr über Gespenster,
Begierde macht uns zu Gespenstern:
Schlingpflanzen aus Luft sind wir
an Baumstämmen aus Wind,
Flammenumhang, erfunden
und verzehrt von der Flamme.
Die Spalte in dem Stamm:
Geschlecht, Siegel und Schlangengang,
versperrt für die Sonne und meine Blicke,
doch offen für die Ameisen.

La hendedura fue pórtico
del más allá de lo mirado y lo pensado:
allá dentro son verdes las mareas,
la sangre es verde, el fuego verde,
entre las yerbas negras arden estrellas verdes:
es la música verde de los élitros
en la prístina noche de la higuera;
– allá dentro son ojos las yemas de los dedos,
el tacto mira, palpan las miradas,
los ojos oyen los olores;
– allá dentro es afuera,
es todas partes y ninguna parte,
las cosas son las mismas y son otras,
encarcelado en un icosaedro
hay un insecto tejedor de música
y hay otro insecto que desteje
los silogismos que la araña teje
colgada de los hilos de la luna;
– allá dentro el espacio
es una mano abierta y una frente
que no piensa ideas sino formas
que respiran, caminan, hablan, cambian
y silenciosamente se evaporan;
– allá dentro, país de entretejidos ecos,
se despeña la luz, lenta cascada,
entre los labios de las grietas:
la luz es agua, el agua tiempo diáfano
donde los ojos lavan sus imágenes;
– allá dentro los cables del deseo
fingen eternidades de un segundo
que la mental corriente eléctrica
enciende, apaga, enciende,

Die Spalte war der Säulengang
zu einem Jenseits alles Geschauten und Gedachten:
grün sind da drinnen die Gezeitenwellen,
grün ist das Blut, das Feuer grün,
zwischen den schwarzen Gräsern erglühen grüne Sterne:
es ist die grüne Musik der Deckflügel
in der uralten Nacht des Feigenbaums;
– da drinnen sind die Fingerkuppen Augen,
der Tastsinn sieht, die Blicke tasten,
die Augen hören die Gerüche;
– da drinnen, da ist draußen,
ist überall und nirgendwo,
die Dinge sind dieselben und sind andre,
eingesperrt in einem Ikosaeder
steckt ein Insekt, welches Musik webt,
und ein andres Insekt gibt es, das auftrennt
die Syllogismen, die die Spinne webt,
an den Fäden des Mondes hängend;
– da drinnen jener Raum
ist eine offne Hand und eine Stirn,
die nicht Ideen ausdenkt, sondern Formen,
die atmen, gehen, reden, sich verändern
und ohne Laut verdunsten;
– da drinnen, in dem Land verflochtner Echos,
stürzt das Licht sich hinab, geruhsame Kaskade,
zwischen den Lippen dieser Ritzen:
das Licht ist Wasser, und das Wasser hellklare
Zeit, wo die Augen ihre Bilder baden;
– da drinnen täuschen Kabel der Begierde
Ewigkeiten einer Sekunde vor,
welche der elektrische Strom im Kopf
anzündet, auslöscht, anzündet,

resurrecciones llameantes
del alfabeto calcinado;
– no hay escuela allá dentro,
siempre es el mismo día, la misma noche siempre,
no han inventado el tiempo todavía,
no ha envejecido el sol,
esta nieve es idéntica a la yerba,
siempre y nunca es lo mismo,
nunca ha llovido y llueve siempre,
todo está siendo y nunca ha sido,
pueblo sin nombre de las sensaciones,
nombres que buscan cuerpo,
impías transparencias,
jaulas de claridad donde se anulan
la identidad entre sus semejanzas,
la diferencia en sus contradicciones.
La higuera, sus falacias y su sabiduría:
prodigios de la tierra
– fidedignos, puntuales, redundantes –
y la conversación con los espectros.
Aprendizajes con la higuera:
hablar con vivos y con muertos.
También conmigo mismo.

La procesión del año:
cambios que son repeticiones.
El paso de las horas y su peso.
La madrugada: más que luz, un vaho
de claridad cambiada en gotas grávidas
sobre los vidrios y las hojas:
el mundo se atenúa
en esas oscilantes geometrías

flackernde Auferstehungsfeste
des ausgebrannten Alphabets;
– keine Schule gibt es da drinnen,
stets ist's derselbe Tag, immer dieselbe Nacht,
die Zeit ist da noch nicht erfunden worden,
nicht alt geworden ist die Sonne,
dieser Schnee ist nichts andres als das Gras,
immer und niemals ist dasselbe,
nie hat's geregnet, und es regnet immer,
alles west und ist nie gewesen,
Volk ohne Namen für Empfindungen,
Namen, die einen Körper suchen,
ruchlose Transparenzen,
Käfige der Klarheit, worin zunichte werden
die Identität unter ihresgleichen,
der Unterschied in seinen Widersprüchen.
Der Feigenbaum, sein Trug und seine Weisheit:
Wundertaten der Erde
– glaubwürdig, pünktlich, üppig –
und das Gespräch mit den Gespenstern.
Lehrjahre bei dem Feigenbaum:
reden mit Lebenden, reden mit Toten.
Auch mit mir selbst.

Die Prozession des Jahres:
Wandlungen, die ein Wiederholen sind.
Das Schweifen der Stunden und ihre Schwere.
Der Tagesanbruch: mehr als Licht, ein Dunst
von Helle, verwandelt in pralle Tropfen
auf Fensterscheiben und auf Blättern:
es verdünnt sich die Welt
in diesen schwingenden Geometrien,

hasta volverse el filo de un reflejo.
Brota el día, prorrumpe entre las hojas,
gira sobre sí mismo
y de la vacuidad en que se precipita
surge, otra vez corpóreo.
El tiempo es luz filtrada.
Revienta el fruto negro
en encarnada florescencia,
la rota rama escurre savia lechosa y acre.
Metamorfosis de la higuera:
si el otoño la quema, su luz la transfigura.
Por los espacios diáfanos
se eleva descarnada virgen negra.
El cielo es giratorio lapizlázuli:
viran *au ralenti* sus continentes,
insubstanciales geografías.
Llamas entre las nieves de las nubes.
La tarde más y más de miel quemada.
Derrumbe silencioso de horizontes:
la luz se precipita de las cumbres,
la sombra se derrama por el llano.

A la luz de la lámpara – la noche
ya dueña de la casa y el fantasma
de mi abuelo ya dueño de la noche –
yo penetraba en el silencio,
cuerpo sin cuerpo, tiempo
sin horas. Cada noche,
máquinas transparentes del delirio,
dentro de mí los libros levantaban
arquitecturas sobre una sima edificadas.
Las alza un soplo del espíritu,
un parpadeo las deshace.

bis sie zur Schneide eines Spiegelns wird.
Der Tag sprießt, bricht hervor zwischen den Blättern,
er kreist über sich selbst,
und aus der Leere, in die er sich stürzt,
taucht er auf, wieder körperlich.
Die Zeit ist gefiltertes Licht.
Es platzt die schwarze Frucht
zu fleischrotem Erblühen,
aus dem gebrochnen Ast rinnt milchig herber Saft.
Gestaltwandel des Feigenbaumes:
wenn der Herbst ihn versengt, so verklärt ihn sein Licht.
Durch die hellklaren Weiten
steigt er abgezehrt auf als schwarze Jungfrau.
Der Himmel: ein kreisender Lapislazuli;
gemächlich, in Zeitlupe, schwenken seine Erdteile,
entstofflichte Geographien.
Flammen zwischen den Schneefeldern der Wolken.
Der Abend mehr und mehr aus angebräuntem Honig.
Lautloses Niederbrechen von ganzen Horizonten:
das Licht stürzt von den Gipfeln sich herab,
der Schatten überschwemmt die Ebene.

Im Licht der Lampe – wenn die Nacht schon Herrin
des Hauses war und das Gespenst
meines Großvaters Herr über die Nacht –
drang ich ein in die Stille, ein Körper ohne Körper,
Zeit ohne Stunden. Jede Nacht,
durchsichtige Maschinen des Deliriums,
errichteten in mir die Bücher
Architekturen, über einem Abgrund.
Ein Hauch von Geist läßt sie entstehen,
ein Wimpernschlag zerstört sie.

Yo junté leña con los otros
y lloré con el humo de la pira
del domador de potros;
vagué por la arboleda navegante
que arrastra el Tajo turbiamente verde:
la líquida espesura se encrespaba
tras de la fugitiva Galatea;
vi en racimos las sombras agolpadas
para beber la sangre de la zanja:
mejor quebrar terrones
por la ración de perro del labrador avaro
que regir las naciones pálidas de los muertos;
tuve sed, vi demonios en el Gobi;
en la gruta nadé con la sirena
(y después, en el sueño purgativo,
fendendo i drappi, e mostravami 'l ventre,
quel mi svegliò col puzzo che n'uscia);
grabé sobre mi tumba imaginaria:
no muevas esta lápida,
soy rico sólo en huesos;
aquellas memorables
pecosas peras encontradas
en la cesta verbal de Villaurrutia;
Carlos Garotte, eterno medio hermano,
Dios te salve, me dijo al derribarme
y era, por los espejos del insomnio
repetido, yo mismo el que me hería;
Isis y el asno Lucio; el pulpo y Nemo;
y los libros marcados por las armas de Príapo,
leídos en las tardes diluviales
el cuerpo tenso, la mirada intensa.
Nombres anclados en el golfo

Ich trug Brennholz zusammen mit den andern
und weinte mit dem Rauch des Scheiterhaufens,
auf dem der Fohlenbändiger verbrannte;
ich durchstreifte die wegsegelnde Waldung,
die der trübgrüne Tajo mit sich schleppt:
das flüssige Dickicht stob schäumend hinter
der entfliehenden Galatea her;
ich sah die Schatten, in Trauben sich drängend,
um das Blut aus dem Schacht zu trinken:
Lieber Erdklumpen hacken
um den Hundelohn vom geizigen Bauern
als herrschen über die blassen Völker der Toten;
ich litt Durst, sah Dämonen in der Gobi;
ich schwamm mit der Sirene in der Grotte
(und danach, in dem Fegefeuertraum,
fendendo i drappi, e mostravami 'l ventre,
quel mi svegliò col puzzo che n'uscia);
ich ritzte in mein Grabmal, das erdachte:
Laß diese Platte liegen,
ich bin nur reich an Knochen;
jene denkwürdigen
sommersprossigen Birnen,
gefunden in dem Sprachkorb Villaurrutias;
Carlos Garrote, ewiger Halbbruder,
Gott sei dir gnädig, sagte er, wenn er
mich umwarf, und es war, wiederholt von den Spiegeln
des Wachliegens, ich selber, der mich verwundete;
Isis und Esel Lucius; der Polyp und der Nemo;
und die Bücher mit Malen von den Waffen des Priapus,
gelesen an den Sintflut-Abenden,
gespannt der Körper, eindringend der Blick.
Namen, die Anker warfen in der Bucht

de mi frente: yo escribo porque el druida,
bajo el rumor de sílabas del himno,
encina bien plantada en una página,
me dio el gajo de muérdago, el conjuro
que hace brotar palabras de la peña.
Los nombres acumulan sus imágenes.
Las imágenes acumulan sus gaseosas,
conjeturales confederaciones.
Nubes y nubes, fantasmal galope
de las nubes sobre las crestas
de mi memoria. Adolescencia,
país de nubes.

Casa grande,
encallada en un tiempo
azolvado. La plaza, los árboles enormes
donde anidaba el sol, la iglesia enana
– su torre les llegaba a las rodillas
pero su doble lengua de metal
a los difuntos despertaba.
Bajo la arcada, en garbas militares,
las cañas, lanzas verdes,
carabinas de azúcar;
en el portal, el tendejón magenta:
frescor de agua en penumbra,
ancestrales petates, luz trenzada,
y sobre el zinc del mostrador,
diminutos planetas desprendidos
del árbol meridiano,
los tejocotes y las mandarinas,
amarillos montones de dulzura.
Giran los años en la plaza,

meiner Stirn: ich schreibe, weil mir der Druide,
unter dem Silbengerausche des Hymnus,
einer Steineiche, herrlich wuchernd auf einer Buchseite,
jenen Mistelzweig gab, die Zauberformel,
die dem Felsen Wörter entquellen läßt.
Die Namen horten ihre Bilder.
Die Bilder horten ihre mutmaßlichen,
gasleichten Bündnisse.
Wolken, Wolken, gespenstischer Galopp
der Wolken über den Gebirgskamm
meiner Erinnerung.
Jugendzeit, Land aus Wolken.

Herrenhaus,
gestrandet in einer stockenden Zeit.
Der Platz, die riesigen Bäume, in denen
die Sonne nistete, die Zwergenkirche,
deren Turm ihnen nur bis ans Knie reichte,
deren doppelte Zunge aus Metall
aber die Toten auferweckte.
In dem Arkadengang, militärisch gebündelt,
Rohrhalme, grüne Lanzen,
Karabiner mit einer Zuckerladung;
in der Eingangshalle der schmucke Kramladen:
die Kühle von Wasser im Halbdunkel,
altväterische Palmblattmatten,
zusammengeflochtenes Licht, und auf dem
Zink der Theke die winzigen Planeten,
abgepflückt von dem Mittagsbaum,
die Tejocotes und die Mandarinen,
gelbe Haufen von Süße.
Die Jahre kreisen auf dem Platz,

rueda de Santa Catalina,
y no se mueven.

Mis palabras,
al hablar de la casa, se agrïetan.
Cuartos y cuartos, habitados
sólo por sus fantasmas,
sólo por el rencor de los mayores
habitados. Familias,
criaderos de alacranes:
como a los perros dan con la pitanza
vidrio molido, nos alimentan con sus odios
y la ambición dudosa de ser alguien.
También me dieron pan, me dieron tiempo,
claros en los recodos de los días,
remansos para estar solo conmigo.
Niño entre adultos taciturnos
y sus terribles niñerías,
niño por los pasillos de altas puertas,
habitaciones con retratos,
crepusculares cofradías de los ausentes,
niño sobreviviente
de los espejos sin memoria
y su pueblo de viento:
el tiempo y sus encarnaciones
resuelto en simulacros de reflejos.
En mi casa los muertos eran más que los vivos.
Mi madre, niña de mil años,
madre del mundo, huérfana de mí,
abnegada, feroz, obtusa, providente,
jilguera, perra, hormiga, jabalina,
carta de amor con faltas de lenguaje,

Rad der heiligen Katharina,
und bewegen sich nicht.

Indem ich von dem
Haus rede, werden meine Worte rissig.
Zimmer, vielerlei Zimmer,
nur bewohnt von ihren Gespenstern,
nur bewohnt von dem Groll der
Erwachsenen. Familien,
Brutstätten für Skorpione:
wie sie den Hunden zermahlenes Glas
ins Futter tun, nähren sie uns mit ihrem
Haß und dem zweifelhaften Ehrgeiz, jemand zu sein.
Sie gaben mir auch Brot, gaben mir Zeit,
Pausen in den Buchten der Tage, lichte
Stellen stehender Strömung fürs Alleinsein mit mir.
Kind unter wortkargen Erwachsenen
und ihren entsetzlichen Kindereien,
Kind in Korridoren mit hohen Türen,
in Stuben mit Porträts,
dämmrigen Bruderschaften nicht vorhandener Leute,
überlebendes Kind
der erinnerungslosen Spiegel
und ihres Volks aus Wind:
die Zeit und all ihre Verkörperungen,
zerfallen in lauter täuschenden Abglanz.
In meinem Haus gab's mehr Tote als Lebende.
Meine Mutter, ein tausendjähriges
Mädchen, Mutter der Welt, Waise von mir,
selbstlos und wild, begriffsstutzig und umsichtig,
Stieglitzin, Hündin, Ameise und Bache,
ein Liebesbrief mit Ausdrucksmängeln,

mi madre: pan que yo cortaba
con su propio cuchillo cada día.
Los fresnos me enseñaron,
bajo la lluvia, la paciencia,
a cantar cara al viento vehemente.
Virgen somnílocua, una tía
me enseñó a ver con los ojos cerrados,
ver hacia dentro y a través del muro.
Mi abuelo a sonreír en la caída
y a repetir en los desastres: *al hecho, pecho.*
(Esto que digo es tierra
sobre tu nombre derramada: *blanda te sea.)*
Del vómito a la sed,
atado al potro del alcohol,
mi padre iba y venía entre las llamas.
Por los durmientes y los rieles
de una estación de moscas y de polvo
una tarde juntamos sus pedazos.
Yo nunca pude hablar con él.
Lo encuentro ahora en sueños,
esa borrosa patria de los muertos.
Hablamos siempre de otras cosas.
Mientras la casa se desmoronaba
yo crecía. Fui (soy) yerba, maleza
entre escombros anónimos.

Días
como una frente libre, un libro abierto.
No me multiplicaron los espejos
codiciosos que vuelven
cosas los hombres, número las cosas:
ni mando ni ganancia. La santidad tampoco:

meine Mutter: ein Brot, welches ich täglich aufschnitt
mit ihrem eignen Messer.
Die Eschen lehrten mich
unter dem Regen die Geduld,
anzusingen gegen den jähen Wind.
Meine Tante, im Traum redende Jungfer,
lehrte mich, mit geschlossenen
Augen zu sehn, nach innen zu sehn und durch die Mauer.
Mein Großvater, im Sturz zu lächeln
und allem Unglück nüchtern die Stirn, die Brust zu bieten.
(Was ich sage, ist Erde, hingestreut
auf deinen Namen: *Möge sie dir leicht sein.*)
Vom Erbrechen zum Durst,
gefesselt an das Hengstfohlen des Alkohols,
raste mein Vater hin und her, umlodert.
Auf den Schwellen und Schienen
einer Bahnstation voller Staub und Mücken
suchten wir eines Abends Stücke von ihm zusammen.
Ich konnte niemals mit ihm reden.
Jetzt begegne ich ihm in Träumen,
dieser trüben Heimat der Toten.
Immer reden wir von anderen Dingen.
Während das Haus zerfiel,
wuchs ich heran. Ich war (ich bin) Gras, Unkraut
zwischen Schutt ohne Namen.

Tage
wie eine freie Stirn, ein offnes Buch.
Da multiplizierten mich nicht die Spiegel,
die habgierig aus Menschen
Dinge machen, aus Dingen eine Zahl:
keine Macht, kein Erwerb. Auch keine Heiligkeit:

el cielo para mí pronto fue un cielo
deshabitado, una hermosura hueca
y adorable. Presencia suficiente,
cambiante: el tiempo y sus epifanías.
No me habló dios entre las nubes:
entre las hojas de la higuera
me habló el cuerpo, los cuerpos de mi cuerpo.
Encarnaciones instantáneas:
tarde lavada por la lluvia,
luz recién salida del agua,
el vaho femenino de las plantas
piel a mi piel pegada: ¡súcubo!
– como si al fin el tiempo coincidiese
consigo mismo y yo con él,
como si el tiempo y sus dos tiempos
fuesen un solo tiempo
que ya no fuese tiempo, un tiempo
donde siempre es *ahora* y a todas horas *siempre.*
como si yo y mi doble fuesen uno
y yo no fuese ya.
Granada de la hora: bebí sol, comí tiempo.
Dedos de luz abrían los follajes.
Zumbar de abejas en mi sangre:
el blanco advenimiento.
Me arrojó la descarga
a la orilla más sola. Fui un extraño
entre las vastas ruinas de la tarde.
Vértigo abstracto: hablé conmigo,
fui doble, el tiempo se rompió.
Atónita en lo alto del minuto
la carne se hace verbo – y el verbo se despeña.
Saberse desterrado en la tierra, siendo tierra,

der Himmel war für mich bald unbewohnt,
eine hohle, anbetungswürdige
Schönheit. Hinreichender und schillernder
Augenschein: die Zeit, selbst sich offenbarend.
Gott sprach nicht zu mir aus den Wolken;
aus dem Laubwerk des Feigenbaumes
sprach der Körper zu mir, die Körper meines Körpers.
Fleischgewordene Augenblicke:
Abend, den der Regen gebadet,
Licht, das frisch dem Wasser entstiegen,
der weibliche Brodem der Pflanzen,
Haut, die haftet an meiner Haut: Buhlteufel!
– als ob endlich die Zeit übereinkäme
mit sich selber und ich mit ihr,
als ob die Zeit nun und ihre zwei Zeiten
auf einmal eine einzige Zeit wären,
die keine Zeit mehr wäre, eine Zeit,
wo immer *jetzt* ist und allezeit *immer*,
als ob ich und mein Doppelgänger eins
geworden und ich nicht mehr wäre.
Granatapfel der Stunde: ich trank Sonne, aß Zeit.
Finger aus Licht ließen das Laub sich auftun.
Bienensummen in meinem Blut:
der weiße Machterweis.
Die Entladung schleuderte mich
an das einsamste Ufer. Fremdling war ich
in dem Ruinengelände des Abends.
Abstraktes Schwindelgefühl: ich sprach mit mir
selbst, war zwiefach, die Zeit zerbrach.
Benommen auf der Höhe der Minute,
wird das Fleisch zum Wort – und das Wort stürzt ab.
Sich verbannt wissen auf der Erde, wo man

es saberse mortal. Secreto a voces
y también secreto vacío, sin nada adentro:
no hay muertos, sólo hay muerte, madre nuestra.
Lo sabía el azteca, lo adivinaba el griego:
el agua es fuego y en su tránsito
nosotros somos sólo llamaradas.
La muerte es madre de las formas ...
El sonido, bastón de ciego del sentido:
escribo *muerte* y vivo en ella
por un instante. Habito su sonido:
es un cubo neumático de vidrio,
vibra sobre esta página,
desaparece entre sus ecos.
Paisajes de palabras:
los despueblan mis ojos al leerlos.
No importa: los propagan mis oídos.
Brotan allá, en las zonas indecisas
del lenguaje, palustres poblaciones.
Son criaturas anfibias, son palabras.
Pasan de un elemento a otro,
se bañan en el fuego, reposan en el aire.
Están del otro lado. No las oigo, ¿qué dicen?
No dicen: hablan, hablan.

Salto de un cuento a otro
por un puente colgante de once sílabas.
Un cuerpo vivo aunque intangible el aire,
en todas partes siempre y en ninguna.
Duerme con los ojos abiertos,
se acuesta entre las yerbas y amanece rocío,
se persigue a sí mismo y habla solo en los túneles,

doch Erde ist, das heißt: sich sterblich wissen.
Ein offenes Geheimnis und eins, das nichts enthält.
Denn es gibt keine Toten, nur Tod gibt's, unsre Mutter.
Das wußte der Azteke, der Grieche ahnte es:
das Wasser ist Feuer, und wir in seiner
Strömung sind nichts als Flackerflammen.
Der Tod ist die Mutter der Formen ...
Der Laut ein Blindenstock des Sinns:
ich schreibe *Tod* und lebe in ihm
für einen Augenblick. Bewohne seinen Laut:
es ist ein Luftkübel aus Glas,
er bebt auf dieser Seite,
verschwindet unter seinen Echos.
Landschaftsräume aus Wörtern:
meine Augen entvölkern sie beim Lesen.
Das macht nichts: meine Ohren sorgen für die Verbreitung.
Dort, in den unbestimmten Zonen
der Sprache, keimen Sumpfbestände.
Amphibische Geschöpfe sind es, Wörter.
Sie gehn von einem Element ins andre,
sie baden sich im Feuer, ruhen aus in der Luft.
Sie sind drüben. Ich höre sie nicht. Was sagen sie?
Sie sagen nichts: sie reden, reden.

Ich spring von einer
Geschichte zu der andern
über die Hängebrücke von elf Silben.
Ein lebendiger Leib, obschon nicht faßlich:
die Luft, an allen Orten und an keinem.
Sie schläft mit offnen Augen,
legt sich nieder ins Gras, wacht auf als Tau,
jagt sich selbst hinterdrein, redet allein in Tunnels,

es un tornillo que perfora montes,
nadador en la mar brava del fuego
es invisible surtidor de ayes,
levanta a pulso dos océanos,
anda perdido por las calles
palabra en pena en busca de sentido,
aire que se disipa en aire.
¿Y para qué digo todo esto?
Para decir que en pleno mediodía
el aire se poblaba de fantasmas,
sol acuñado en alas,
ingrávidas monedas, mariposas.
Anochecer. En la terraza
oficiaba la luna silenciaria.
La *cabeza de muerto,* mensajera
de las ánimas, la fascinante fascinada
por las camelias y la luz eléctrica,
sobre nuestras cabezas era un revoloteo
de conjuros opacos. *¡Mátala!*
gritaban las mujeres
y la quemaban como bruja.
Después, con un suspiro feroz, se santiguaban.
Luz esparcida, Psiquis . . .

¿Hay mensajeros? Sí,
cuerpo tatuado de señales
es el espacio, el aire es invisible
tejido de llamadas y respuestas.
Animales y cosas se hacen lenguas,
a través de nosotros habla consigo mismo
el universo. Somos un fragmento
– pero cabal en su inacabamiento –

ist eine Schraube, die Berge durchbohrt,
als Schwimmer in dem wilden Meer des Feuers
ist sie ein unsichtbarer Seufzerspringquell,
bringt aus eigener Kraft zwei Ozeane in Wallung,
irrt einsam durch die Straßen,
gequältes Wort, welches nach einem Sinn sucht,
Luft, die zerläuft in Luft.
Und wozu sag ich all dies?
Um zu sagen, daß am hellichten Mittag
die Luft sich wimmelnd füllte mit Gespenstern,
Sonne, gemünzt zu Flügeln,
zu schwerelosen Münzen, Schmetterlingen.
Dämmerstunde. Auf der Terrasse
zelebrierte der stetig stille Mond.
Der *Totenkopf*, Bote der Seelen, bannend
und selbst gebannt durch das elektrische
Licht und durch die Kamelien, war über unsren Köpfen
ein Flattern finstrer Flüche. *Töte ihn!* schrien die Frauen,
und sie verbrannten ihn wie eine Hexe.
Dann, wild seufzend, bekreuzigten sie sich.
Weitgestreutes Licht, Psyche ...

Gibt es denn Boten? Ja,
ein Körper, tätowiert mit Zeichen,
ist der Weltraum, die Luft ein unsichtbares
Gewebe aus Rufen und Antworten.
Tiere und Dinge werden Sprachen,
durch uns hindurch spricht mit sich selbst das
Universum. Wir sind ein Bruchstück
– in seiner Unvollkommenheit vollkommen –

de su discurso. Solipsismo
coherente y vacío:
desde el principio del principio
¿qué dice? Dice que nos dice.
Se lo dice a sí mismo. *Oh madness of discourse,*
that cause sets up with and against itself!

Desde lo alto del minuto
despeñado en la tarde de plantas fanerógamas
me descubrió la muerte.
Y yo en la muerte descubrí al lenguaje.
El universo habla solo
pero los hombres hablan con los hombres:
hay historia. Guillermo, Alfonso, Emilio:
el corral de los juegos era historia
y era historia jugar a morir juntos.
La polvareda, el grito, la caída:
algarabía, no discurso.
En el vaivén errante de las cosas,
por las revoluciones de las formas
y de los tiempos arrastradas,
cada una pelea con las otras,
cada una se alza, ciega, contra sí misma.
Así, según la hora cae desen-
lazada, su injusticia pagan. (Anaximandro.)
La injusticia de ser: las cosas sufren
unas con otras y consigo mismas
por ser un querer más, siempre ser más que más.
Ser tiempo es la condena, nuestra pena es la historia.
Pero también es el lugar de prueba:
reconocer en el borrón de sangre
del lienzo de Verónica la cara

seines Diskurses. Solipsismus,
folgerichtig und leer:
vom Anfang allen Anfangs
– was sagt er? Er sagt, daß er uns sagt.
Und er sagt es sich selber. *Oh madness of discourse,*
that cause sets up with and against itself!

Abgestürzt aus der Höhe der Minute
in den Abend voll Blütenpflanzen
– so entdeckte der Tod mich.
Und ich entdeckte im Tode die Sprache.
Das Universum redet allein,
aber die Menschen reden mit den Menschen:
es gibt Geschichte. Guillermo, Alfonso,
Emilio: das Gehege der Spiele war Geschichte,
und Geschichte das Spiel, miteinander zu sterben.
Die Staubwolke, der Schrei, der Sturz:
Tohuwabohu, kein Diskurs.
In dem zeitlosen Hin und Her der Dinge,
weitergeschleift von den Revolutionen
der Formen und der Zeiten,
kämpft da ein jedes mit den andern,
erhebt sich da ein jedes blindlings gegen sich selber.
Darum, sobald die Stunde, los-
gelöst, sinkt, büßen sie ihr Unrecht. (Anaximander)
Das Unrecht, dazusein: die Dinge leiden
eins am andern und an sich selber, weil sie
ein Mehrseinwollen sind, immer mehr noch als mehr.
Zeit sein, das ist der Schuldspruch; unsre Strafe: Geschichte.
Aber zugleich ist sie der Ort der Prüfung:
ob man erkennt im Blutfleck auf dem Tuch
der Veronika das Gesicht des Andern

del otro – siempre el otro es nuestra víctima.
Túneles, galerías de la historia
¿sólo la muerte es puerta de salida?
El escape, quizás, es hacia dentro.
Purgación del lenguaje, la historia se consume
en la disolución de los pronombres:
ni *yo soy* ni *yo más* sino más ser sin yo.
En el centro del tiempo ya no hay tiempo,
es movimiento hecho fijeza, círculo
anulado en sus giros.

Mediodía:
llamas verdes los árboles del patio.
Crepitación de brasas últimas
entre la yerba: insectos obstinados.
Sobre los prados amarillos
claridades: los pasos de vidrio del otoño.
Una congregación fortuita de reflejos,
pájaro momentáneo,
entra por la enramada de estas letras.
El sol en mi escritura bebe sombra.
Entre muros – de piedra no:
por la memoria levantados –
transitoria arboleda:
luz reflexiva entre los troncos
y la respiración del viento.
El dios sin cuerpo, el dios sin nombre
que llamamos con nombres
vacíos – con los nombres del vacío –,
el dios del tiempo, el dios que es tiempo,
pasa entre los ramajes
que escribo. Dispersión de nubes

– immerzu ist der Andre unser Opfer.
Tunnels, Bergstollen der Geschichte:
Ist der Tod die einzige Tür nach draußen?
Der Ausweg geht, vielleicht, nach innen.
Geschichte, Läuterbrand der Sprache, nimmt ein Ende
mit der Auflösung der Pronomen:
weder *ich bin* noch *ich mehr*, sondern mehr Sein ohne Ich.
In der Mitte der Zeit gibt's keine Zeit mehr,
sie ist Bewegung als Beharrung, Kreis,
der im Kreisen sich aufhebt.

Mittag:
Grüne Flammen die Bäume drin im Patio.
Ein Geknister von Glutresten im Gras:
hartnäckige Insekten.
Über den gelben Wiesen
helles Schimmern: die gläsern klaren Schritte des Herbstes.
Eine Zufallsversammlung von Reflexen,
Vogel für einen Augenblick,
dringt herein in das Laubwerk dieser Buchstaben.
Die Sonne trinkt Schatten in meiner Schrift.
Zwischen Mauern – nein, nicht aus Stein:
von der Erinnerung errichtet –
eine flüchtige Baumgruppe:
sinnendes Licht zwischen den Stämmen
und der Atem des Windes.
Der Gott, der keinen Leib hat, keinen Namen,
den wir nennen mit leeren Namen
– mit den Namen der Leere –,
der Gott der Zeit, der, welcher Zeit ist,
geht durchs Gezweig hindurch,
das ich schreibe. Versprengte Wolkenschwaden

sobre un espejo neutro:
en la disipación de las imágenes
el alma es ya, vacante, espacio puro.
En quietud se resuelve el movimiento.
Insiste el sol, se clava
en la corola de la hora absorta.
Llama en el tallo de agua
de las palabras que la dicen,
la flor es otro sol.
La quietud en sí misma
se disuelve. Transcurre el tiempo
sin transcurrir. Pasa y se queda. Acaso,
aunque todos pasamos, no pasa ni se queda:
hay un tercer estado.

Hay un estar tercero:
el ser sin ser, la plenitud vacía,
hora sin horas y otros nombres
con que se muestra y se dispersa
en las confluencias del lenguaje
no la presencia: su presentimiento.
Los nombres que la nombran dicen: *nada,*
palabra de dos filos, palabra entre dos huecos.
Su casa, edificada sobre el aire
con ladrillos de fuego y muros de agua,
se hace y se deshace y es la misma
desde el principio. Es dios:
habita nombres que lo niegan.
En las conversaciones con la higuera
o entre los blancos del discurso,
en la conjuración de las imágenes
contra mis párpados cerrados,

über neutralem Spiegel:
im Zerstieben der Bilder
ist die Seele, ganz frei nun, reiner Raum.
In Ruhe löst sich die Bewegung.
Die Sonne beharrt, heftet
sich in die Blumenkrone der selbstversunknen Stunde.
Als Flamme auf dem Wasserstengel
der Wörter, die sie sagen, ist die Blüte
eine andere Sonne.
Die Ruhe löst sich auf
in sich selber. Die Zeit verstreicht,
ohne zu verstreichen. Sie geht und bleibt.
Vielleicht, obwohl wir alle vergehen, geht sie nicht
und bleibt nicht. Es gibt einen dritten Zustand.

Es gibt den dritten Zustand.
Sein ohne Sein, die leere Fülle,
Stunde ohne Stunde und andre Namen,
mit denen, im Zusammenfließen der
Sprache, sich zeigt und sich zersprengt
nicht die Anwesenheit, nein: ihre Ahnung.
Die Namen, die sie nennen, sagen: *Nichts*,
ein zweischneidiges Wort, ein Wort zwischen zwei Hohlräumen.
Sein Haus, gebaut auf Luft
mit Backsteinen aus Feuer und mit Mauern aus Wasser,
es entsteht und zergeht und ist dasselbe
seit Beginn. Es ist Gott:
bewohnt Namen, welche es leugnen.
In den Gesprächen mit dem Feigenbaum
oder während der Pausen des Diskurses,
in dem Komplott der Bilder
gegen meine geschloßnen Lider,

el desvarío de las simetrías,
los arenales del insomnio,
el dudoso jardín de la memoria
o en los senderos divagantes,
era el eclipse de las claridades.
Aparecía en cada forma
de desvanecimiento.

                    Dios sin cuerpo,
con lenguajes de cuerpo lo nombraban
mis sentidos. Quise nombrarlo
con un nombre solar,
una palabra sin revés.
Fatigué el cubilete y el *ars combinatoria.*
Una sonaja de semillas secas
las letras rotas de los nombres:
hemos quebrantado a los nombres,
hemos dispersado a los nombres,
hemos deshonrado a los nombres.
Ando en busca del nombre desde entonces.
Me fui tras un murmullo de lenguajes.
ríos entre los pedregales
color ferrigno de estos tiempos.
Pirámides de huesos, pudrideros verbales:
nuestros señores son gárrulos y feroces.
Alcé con las palabras y sus sombras
una casa ambulante de reflejos,
torre que anda, construcción de viento.
El tiempo y sus combinaciones:
los años y los muertos y las sílabas,
cuentos distintos de la misma cuenta.
Espiral de los ecos, el poema

im Wahn der Symmetrien,
den Sanddünen schlafloser Nacht,
dem zweifelhaften Garten der Erinnerung
oder auf abschweifenden Pfaden
war es die Verfinsterung aller Klarheit.
Es zeigte sich in jeder
Form von Verflüchtigung.

Gott ohne Körper,
mit körperlichen Sprachen
benannten es meine Sinne. Ich wollte
es benennen mit einem Sonnennamen,
einem Wort ohne Kehrseite. Bemühte
den Würfelbecher, die *ars combinatoria.*
Ein Gerassel von ausgedörrten Samen
die verkommenen Buchstaben der Namen:
wir haben zerbrochen die Namen,
haben zerstreut die Namen,
haben entehrt die Namen.
Seither bin ich auf Suche nach dem Namen.
Ich lief einem Murmeln von Sprachen nach,
von Flüssen in den eisenfarbenen
Steinwüsten dieser Zeiten.
Pyramiden aus Knochen, Faulgruben voller Wörter:
unsere Herren sind schwatzhaft und unbarmherzig.
Mit den Wörtern und ihren Schatten baute
ich ein wanderndes Haus aus Spiegelungen,
einen Turm, der sich selber fortbewegt, ein Gebäude aus Wind.
Die Zeit mitsamt ihren Verbindungen:
die Jahre und die Toten und die Silben,
verschiedene Geschichten von demselben Geschehen.
Als Spirale der Echos ist das

es aire que se esculpe y se disipa,
fugaz alegoría de los nombres
verdaderos. A veces la página respira:
los enjambres de signos, las repúblicas
errantes de sonidos y sentidos,
en rotación magnética se enlazan y dispersan
sobre el papel.

Estoy en donde estuve:
voy detrás del murmullo,
pasos dentro de mí, oídos con los ojos,
el murmullo es mental, yo soy mis pasos,
oigo las voces que yo pienso,
las voces que me piensan al pensarlas.
Soy la sombra que arrojan mis palabras.

México y Cambridge, Mass.,
del 9 de septiembre al 27 de diciembre de 1974.

Gedicht Luft, die sich meißelt und zerstreut,
flüchtiges Gleichnis der wirklichen Namen.
Manchmal atmet die Seite:
die Zeichenschwärme, diese heimatlosen
Gemeinwesen aus Lauten und Bedeutungen,
in magnetischer Drehung, binden sich und zerstieben
auf dem Papier.

Ich bin, wo ich gewesen:
gehe dem Murmeln nach,
Schritten, drinnen in mir, vernommen mit den Augen,
das Murmeln ist im Kopf, ich selbst bin meine Schritte,
ich hör die Stimmen, die ich denke,
die Stimmen, die mich denken, indem ich sie erdenke.
Bin der Schatten, den meine Worte werfen.

México und Cambridge, Mass.,
vom 9. September bis zum 27. Dezember 1974

Nachwort

Pere Gimferrer
Drei Wanderungen und ein Nachtstück

I

»Sonnenstein«, »Weiß« und »Von der Kladde zur Klarheit« sind die drei umfangreichsten und komplexesten Versdichtungen von Octavio Paz. Sie sind in einem Zeitraum von etwas mehr als dreimal fünf Jahren entstanden und entsprechen ganz bestimmten Momenten in der persönlichen und dichterischen Entwicklung ihres Autors. Der Mann, der 1957 in Mexiko »Sonnenstein« schreibt, ist 42 Jahre alt und verfaßt schon seit mehr als zwanzig Jahren Gedichte und Essays.

Er gilt bereits als einer der begabtesten Schriftsteller seiner Generation; »Sonnenstein« wird jedoch an Tragweite und Widerhall alles übertreffen, was man bis dahin von ihm gelesen hat. In einem Augenblick, da in der spanischen Welt (und dies trifft wohl auch für andere Sprachgebiete zu) die unfruchtbare, abwegige und manichäische Auseinandersetzung zwischen der experimentellen und der »engagierten« Literatur im engsten Sinne des Wortes die Lyrik in eine schlimme Krise gestürzt hat, bedeutet das unverhoffte Erscheinen von »Sonnenstein« den Beginn eines neuen Zeitabschnitts, der das dichterische Suchen und damit auch die Beziehungen zwischen literarischer Ausdrucksweise und Gesellschaft in ein neues Umfeld versetzt. Man darf behaupten, daß wesentliche Züge der neuen literarischen Avantgarde in Lateinamerika und Spanien – und dies gilt nicht nur für die Lyrik, sondern auch für den Roman und den Essay – nur zutreffend zu erklären sind, wenn man von der Existenz von »Sonnenstein« ausgeht, dessen Rolle in ihrer historischen Bedeutung für das spanische Sprachgebiet mit derjenigen vergleichbar ist, die Eliots »The waste land« für das Englische gehabt hat.

Neun Jahre später, im Sommer 1966: Unser Autor, der jetzt an »Weiß« arbeitet, hat in der Zwischenzeit seinem »Sonnenstein« eine beträchtliche Anzahl von Gedichten folgen lassen. Er ist in seinem Land und anderswo bereits mehr als nur ein anerkannter Schriftsteller; nein, seit einigen Jahren ist er *der* Schriftsteller, auf den die neue Generation ihre Blicke richtet. Von ihm erwartet man, daß jedes neue Werk nicht nur für sich genommen etwas Bedeutendes sei, sondern daß es gleichzeitig auch in die Zukunft weise. Denn man weiß, daß man nach jedem seiner Experimente nicht mehr in der herkömmlichen Weise weiterschreiben kann. Indessen ist der Mann, auf den so viele Blicke gewandt sind, als Person nur für wenige erreichbar, da er in Indien, in New Delhi, als Botschafter seines Landes weilt. Nur in unregelmäßigen Abständen kommt er bei bestimmten Gelegenheiten zu kurzen Aufenthalten in sein Land, nach Europa oder in die Vereinigten Staaten. Einerseits ist seine Aufmerksamkeit für alles, was in der westlichen Welt vor sich geht, auf diese Weise lebendig geblieben, und andererseits haben sich die Jahre seines Aufenthalts in Indien als so fruchtbar für seine Assimilation der östlichen Welt erwiesen, daß nicht nur der Paz dieser Epoche seiner Dichtung neue Elemente aus der asiatischen Geisteswelt einfügen kann. Darüber hinaus wird von ihm die umfassende Erneuerungsbewegung in der spanischen Literatur – die neun Jahre zuvor in »Sonnenstein« eine Stunde der Wiedergeburt erlebt hat – verfolgt, vorausgeahnt, vorwärtsgetrieben und gelenkt.

Weitere acht Jahre vergehen. Paz hat seinen Botschafterposten in Indien aufgegeben und als Zeichen seiner Mißbilligung der blutigen Niederwerfung eines Studentenaufstandes die diplomatische Laufbahn verlassen. Er ist bald in Mexiko, seinem ständigen Aufenthaltsort, bald in den Vereinigten Staaten. Hier verbringt er einige Monate an der Universität von Cambridge, Massachusetts. Octavio Paz arbeitet an einer neuen großen Dichtung: »Von der Kladde zur Klarheit«. Er beendet sie 1974 und veröffentlicht sie im folgenden Jahr. Was sein früheres Werk vorweggenommen und befruchtet hat – die neue amerikanische Literatur –, ist jetzt nicht bloß eine konsolidierte Tatsache, sondern ein Mittelpunkt des literarischen Interesses der ganzen Welt. Voller Schaffenskraft ist der Meister dieser neuen Literatur inzwischen sechzig geworden. Seine Rolle – wenn man gewillt ist, sie, wie Paz, ganz ehrlich und verantwortungsvoll auszufüllen – ist bestimmt weder bequem noch geruhsam. Denn das bisher Erreichte verpflichtet den Dichter, sich nicht zu wiederholen; es verpflichtet ihn aber auch dazu, seine Vergangenheit nicht zu vergessen. Und wenn er nicht „akademisch" werden will, muß er weiterhin er selbst bleiben und gleichzeitig imstande sein, so zu tun, als schriebe er zum ersten Mal. Dieser Sachlage waren viele nicht gewachsen. Selbst Eliot hat es vorgezogen, keine Gedichte mehr zu schreiben. Es ist ein schöner Beweis für die Schaffenskraft und die literarische und moralische Luzidität unseres Autors, wenn »Von der Kladde zur Klarheit« aus der Mitte der siebziger Jahre für die Lyrik so bedeutend ist wie »Weiß« in den sechziger oder »Sonnenstein« am Ende der fünfziger Jahre.

II

Es ist offensichtlich, daß »Sonnenstein«, »Weiß« und »Von der Kladde zur Klarheit« das gemeinsame Merkmal aufweisen, nicht einfach nur verwandte Texte zu sein. Sie sind vielmehr fortlaufend, ununterbrochen. Sie gestatten nicht bloß oder eignen sich nicht nur zu einer Lektüre „in einem Zug"; sie verlangen sie sogar. Da der Text in freien elfsilbigen Versen gehalten ist, stellen die eingelegten Pausen in Form von unbedruckten Stellen in »Sonnenstein« keine konventionellen strophischen Unterteilungen dar, sondern sind Übergangsstellen: Zeichen für Änderungen im Tonfall, für beschleunigtes Tempo von einer Bezugsstufe zur anderen. Wir werden noch sehen, daß das ganze Gedicht aus einem verschlungenen und steten Nebeneinander von Stufen besteht. Wenn sie uns auch zum Überdenken des Vorausgegangenen einladen, sind solche Pausen, solche Zwischenräume, doch keinesfalls als Anregungen zu verstehen, hier die Lektüre zu unterbrechen. Dies wird durch ein doppeltes, sehr ausgeprägtes Gestaltungsmittel verhindert: Zum einen durch den Rhythmus des elfsilbigen Verses, der in der metrischen Tradition des Spanischen – ererbt aus dem Italienischen – seit der Renaissance das Versmaß der gehobenen erzählenden Versdichtung ist und seine Entsprechung bei der Volksdichtung in der achtsilbigen Romanze hat; und zum andern den Satzrhythmus des Gedichts, der sich aus Appositionen, aus aneinandergefügten Teilsätzen ergibt, von denen jeder wie eine Brücke, wie ein Zwischenglied wirkt und sich auf der Bildebene mit dem vorangehenden und dem nachfolgenden beinahe vermischt, so daß die Bewegung der Aussagen im Inneren des Gedichtes einem fortwährenden Kommen und Gehen von ineinander verschwimmenden Bildern gleicht, von denen jedes wiederum in ein neues mündet, das sich seinerseits zu einem nächsten hin auftut. Dieser grundlegende Gedanke der Einheit wird durch die Kreisform des Gedichts, das mit denselben Versen endet, mit denen es begann, weiter hervorgehoben, so daß wir es, wenn nicht als Allegorie des kosmischen Kreises oder der Umlaufbahn der Venus verstehen möchten (die Anzahl der Verse ohne die wiederholten letzten sechs entspricht den 584 Tagen des Venusjahres), so doch wegen des unerbittlichen Fortschreitens des Lesevorgangs als ein Perpetuum mobile mit jener Eigenschaft des unentwegten Weiterfließens, wie das Leben es uns vorführt, und das bemerkenswerterweise nur von dem im Gedicht entstandenen Augenblick angehalten werden kann. So läßt sich gewissermaßen sagen: *Das Wesen des Dichterischen ist die Fähigkeit, einen Augenblick für den Wahrnehmenden zu bannen.* Das Erlebnis dieser Offenbarung ist der Ekstase der westlichen Mystiker, der „trockenen Erleuchtung“ im Zen oder der Klimax im Liebesakt nicht unähnlich und im besonderen eine der treibenden Kräfte in »Sonnenstein« und im ganzen dichterischen Werk von Octavio Paz.

In »Weiß« scheinen jedoch die Dinge anders zu liegen; denn der Dichter weist selbst auf bis zu sechs unterschiedliche Leseweisen hin, von denen nur eine den Text als Ganzheit sieht. Die anderen zerteilen ihn in Kleinstlesungen, in Abschnitte, in Teilgedichte, Innenausstattung der Dichtung, deren Teil sie ist, von der sie unabhängig ist, je nachdem, was man liest. Es ist indessen festzuhalten, daß bei alledem diese Erfahrungen kein Nacheinander, sondern ein Nebeneinander darstellen. Der Dichter liefert uns nämlich keine Abfolge von einzelnen Stücken, um uns alsdann – nebst anderen – auch die Möglichkeit zu geben, daraus einen einzigen umfassenden Text zusammenstellen; es ist vielmehr umgekehrt: Er gibt uns einen Text, »Weiß«, und sagt dazu, daß man ihn auf verschiedene Arten lesen kann, wobei sich durch Aufteilung einige selbständige Gedichte ergeben werden. Auch die einmalige äußere Gestalt der mexikanischen Erstausgabe, unwiederholbar, wenn als normale Publikation veröffentlicht, als Buch mit Klapptafeln gestaltet, wie ein Papyrus zu lesen, unterstrich seine Einheit als Werk. Hier birgt der Begriff »Werk« latent auch die Möglichkeit in sich, daß daraus weitere Werke entnommen werden können. Von diesem Gesichtspunkt aus kann man verstehen, daß »Weiß« stets die grundlegende Einheit eines Buches bewahren wird, das aus verschiedenen, voneinander unabhängigen, jedoch um einen zentralen Kern geordneten Gedichten gebildet wird, auch im Extremfall, das heißt, auch wenn man sich für jene Leseweise entscheidet, die das Ganze bis zum äußersten aufteilt – bei der die größte Zahl von eigenständigen Gedichten hervorgeht –, und auch wenn wir davon absehen, es als zusammenhängenden Text zu lesen. Auf die Spitze, bis zur Atomisierung getrieben, verwandelt diese Leseweise das Werk in eine Gedichtsammlung. Wenn »Weiß« in einer Werkausgabe veröffentlicht wird, was bei allen seinen Neuauflagen seit der ersten von 1967, sei es in spanischer, sei es in einer anderen Sprache, geschehen ist, verrät die Ausgefallenheit seiner drucktechnischen Gestaltung seine Einzigartigkeit – und damit auch seine Einheit – als textliches Ganzes.

»Von der Kladde zur Klarheit« schließlich stellt in gewisser Hinsicht den Höhepunkt einer der wichtigsten Tendenzen im Schaffen von Octavio Paz dar und ist gleichzeitig eine der mächtigsten Verlockungen, mit der sich die moderne Dichtung auseinanderzusetzen hat: der ununterbrochene Monolog. »Von der Kladde zur Klarheit« ist, was das Versmaß betrifft, äußerlich nicht so homogen wie »Sonnenstein«. Aber auch so besitzt es noch eine metrische Einheit, da es vor allem auf der Verbindung von elfsilbigen mit siebensilbigen Versen fußt (letztere treten sowohl vereinzelt auf wie auch als zwei kombinierte Halbverse, die dann einen Alexandriner bilden). Diese Verbindung reicht in der spanischen Lyrik sehr weit zurück. Auf ihr beruhen zwei verbreitete strophische Formen der Renaissance- und der Barocklyrik: die „Lira“ und die „Silva“. Der Rhythmus ist in der Folge nicht so suggestiv, nicht so dominierend, nicht so drängend wie in »Sonnenstein«; keineswegs aber beeinträchtigt er den Fluß des Lesens. Vielmehr paßt er dieses der gesprochenen Sprache an. Und wenn hier keine einzige Trennung, keine einzige weiße Stelle erscheint (die Einteilung in Abschnitte wäre falsch), kommt dies daher, daß in »Sonnenstein« solche Pausen durch das Druckbild dargestellt werden mußten, während sie sich in »Von der Kladde zur Klarheit« aus dem Fluß des Verses dank den Übergängen vom elf- zum siebensilbigen Vers oder zum Alexandriner – um nur die häufigsten Varianten zu nennen – von selbst ergeben. So kann »Von der Kladde zur Klarheit« das Experiment des dichterischen Selbstgesprächs bis zum Extrem treiben. Rein äußerlich gesehen, ist diese Dichtung eine der traditionellsten in der letzten Schaffensperiode von Octavio Paz. Sie verzichtet nicht auf Interpunktion, sie bringt keine Art von räumlicher Unterbrechung mittels abgestufter Freiräume im Druckbild, und sie entscheidet sich eher für das Fortlaufende als für das Simultane. Auf einer anderen Ebene hingegen bedeutet diese Dichtung eine tiefgreifende Revolution: Denn fünfzig Jahre nach dem ersten Manifest des Surrealismus ist sie einer der wenigen Texte, die sich an das gewagt haben, was das ursprüngliche Ziel von André Breton war: „das eigentliche Funktionieren des Gedankens darzustellen". Die Tatsache, daß dies nicht in der nämlichen literarischen Form geschieht, die Breton seinerzeit verwendet hat, bedeutet keinesfalls, daß »Von der Kladde zur Klarheit« ein Werk sei, das dem surrealistischen Geiste fremd ist. Auch Lautréamont und Nerval haben das „automatische" Schreiben nicht gepflegt. Vor und nach dem Surrealismus als literarische Bewegung – wenn man ihn zum Zweck historischer Einordnung als solche ansehen darf – besteht und bestand der surrealistische Geist. Und was den Surrealismus von jeder anderen zeitgenössischen Stilrichtung unterscheidet, ist vor allem die Tatsache, daß er sich zum Ziel gesetzt hat, keine Schule zu gründen, sondern einen Geisteszustand offen darzulegen, der es zuläßt, sich im Ablauf der Geschichte, bei der künstlerischen Betätigung, im täglichen Leben auf die mannigfachste Art kundzutun.

»Sonnenstein«, »Weiß« und »Von der Kladde zur Klarheit« sind drei Wanderungen. Die Wanderung ist ein Sinnbild für das Lesen. Ein Gedicht lesen heißt, eine Strecke durchwandern. Wohin? Vorhin haben wir die Antwort gegeben: Dahin, wo ein Augenblick gebannt wird. Doch kann sich diese Wanderung mit dem Augenblick beinahe vermengen, wie im Haiku: Augenblickslektüre. Oder sie kann uns zur Erkenntnis der Gebanntheit des Augenblicks führen. Das Wesentliche des Dichterischen besteht in beiden Fällen darin, einen Bruchteil des Gelebten für die eigene Wahrnehmung festzuhalten. Auf diese Weise vor den Leser gebannt, besteht dieser Augenblick nur, weil das Lesen des Gedichts einen bestimmten Zeitabschnitt ausgrenzt und dadurch diesen der neutralisierenden Wirkung entzieht, der er als nicht differenzierter Teil unseres alltäglichen Lebens unterliegt. Er wird zu einem besonderen Moment, zu einem Zeitraum, in dem uns ein Schock zuteil werden kann, wie Mirò sich ausdrückt und dabei nicht bloß an Werke der bildenden Kunst, sondern an jeglichen Gegenstand denkt, der unter bestimmten Umständen, unabhängig von seiner inneren Beschaffenheit, vor einem dafür empfänglichen Individuum die Verknüpfung von Ursachen und Wirkungen im täglichen Leben bricht, da er sich unversehens kundtut. Wir begreifen jetzt, daß man diesen „Schock" in seiner radikalen Fremdheit, in der nicht reduzierbaren Außergewöhnlichkeit seines Charakters – der jedem Gegenstand zu eigen ist, dem wir zum ersten Mal begegnen – auch Offenbarung nennen kann; denn zum ersten Mal sondern wir es von der undifferenzierten Masse von Information ab, die uns die Sinne fortwährend vermitteln. Letzten Endes ist jedes Gedicht darauf aus, diesen Moment der Offenbarung erstehen zu lassen, den es nur deshalb gibt, weil es das Gedicht gibt. Das Lesen eines jeden Gedichtes ist eine Wanderung zum Augenblick der Gebanntheit, in der das Bewußtsein sich selbst wahrnimmt, da es den Augenblick wahrnimmt.

Schon von ihrer äußeren Gestalt her erfüllen die drei hier betrachteten Dichtungen die Voraussetzung der Wanderung. »Sonnenstein« ist ein Weg, der einen Kreis beschreibt. Nicht etwa, weil es genauso beginnt, wie es aufhört; nein, weil wir wissen, daß nach dem, was das Ende unserer Lesung ist, es von neuem beginnen wird, und zwar unbeirrbar sowohl in seinem kreisförmigen Verlauf als auch nicht wahrnehmbar von außerhalb. Es gibt ihn nur als Bewegung. Aber diese Bewegung wiederholt stets die gleiche Parabel, so daß »Sonnenstein« eine weit ausholende Darstellung dessen ist, was das Lesen jeden Gedichtes im Grunde genommen bedeutet: Der Gang zu einem gebannten Augenblick, den wir immer auf dieselbe Weise unternehmen, um stets denselben Augenblick zu erleben, jedesmal wenn wir das Gedicht lesen. So faßt »Weiß« sein Wesen in seinem Titel zusammen: Es ist, wie uns der Dichter selbst in seiner Vorbemerkung mit Blick auf die Spalte in der Mitte sagt (zweite Lese-Möglichkeit): »ein Gedicht, dessen Thema der Übergang des Wortes ist, vom Schweigen zum Schweigen (vom *en blanco,* dem Weiß des unbeschriebenen Blattes, *a lo blanco*, zum Weißen, – *al blanco*, ins Ziel) . . .« Nun ist aber gerade dies das Thema eines jeden Gedichtes, das nach Mallarmé geschrieben wurde. Nicht das einzige Thema oder, wenn man so will, nicht das „Argument“, aber das Motiv. Das Essentielle eines zeitgenössischen Gedichts besteht in der Anordnung des sprachlichen Materials auf einer weißen Seite. Und wenn wir unsere Wanderung – unseren Weg – beenden, gibt uns jedes Gedicht wieder dem Weißen zurück, in dessen Stille die Erinnerung an den Nachklang des Wortes weiterschwingt, einem Spiegel vergleichbar, der gleichzeitig auch die Projektion unseres Bewußtseins ist. Es ist eben diese Wahrheit, die man am

Ende der Reise mittels des Wortes erspäht, die man in »Von der Kladde zur Klarheit« gleichsam tastend unternommen hat: »Bin der Schatten, den meine Worte werfen«. Wir halten einen Augenblick fest. Dieser Augenblick ist der Übergang vom Weißen zum Weißen. In diesem Augenblick sehen wir uns selber als ein Schatten oder als ein Widerschein, da das, was wir sehen, das Sich-Bewußt-Werden unseres Wesens ist, das Ergebnis der Verblüffung zwischen weiß und weiß, bewirkt durch das dichterische Wort, daher ein Durchbruch zur Helle, das Ans-Licht-Bringen dessen, was wir sind; bereits eingefangen, wenn wir im Gedicht den Augenblick einfangen. Es ist ein Gang zur Klarheit, das Helle im Weiß.

IV

»Sonnenstein« beginnt gleich mit einigen Versen, die eine Wanderung beschreiben; und diese Wanderung ist die unmittelbare Nähe der von der Liebe erfüllten Gegenwart, da sie zu einem »Leib aus Licht« führt. Eine solche Wanderung stellt ein Thema dar, das bereits verschiedentlich von der zeitgenössischen Lyrik angegangen worden ist. Auch beim bedeutendsten Dichter der spanischen Frühromantik, José de Espronceda, findet sich zum Beispiel im Verlauf der sechzehn ersten Strophen des »Gesangs an Teresa« ein solcher liebeserfüllter »Aufstieg zu einer geliebten Frau«; zwar mit etwas schwerfälligen literarischen Mitteln zum Ausdruck gebracht, doch von beeindruckender Überzeugungskraft. Was »Sonnenstein« unter den Dichtungen, die seit der Romantik dieses Thema sich zum Angel- oder Ausgangspunkt erwählt haben, zu etwas Einzigartigem macht, ist nicht nur die vollendete Kunst von Octavio Paz, sondern auch seine Fähigkeit, etwas in das Gewebe der Dichtung einzubringen, das bei Espronceda nur als unbestimmte oder stammelnde Intuition vorhanden ist und bei Baudelaire zwar formuliert, jedoch eher als Äußerung, als Beschriebenes, denn als etwas, das als solches in das Funktionieren des Textes eingebaut ist: Die essentielle Einheit der Welt und die Einheit von Wort und Welt. Der ganze komplexe innere Mechanismus von »Sonnenstein«, bestehend aus Abwandlungen, wiederkehrenden Motiven, Wechselwirkungen, Übereinstimmungen, muß von diesem Gesichtswinkel aus gesehen werden.

Der Körper ist tatsächlich »aus Licht«; und daher ist er auch »Sonnenklippe«, »wie Wolken farbig« (also Himmelslicht), »farbig wie ein geschwinder Tag«, und dieser Leib ist die Stunde, die »funkelt« und »einen Leib hat«. Der Körper ist somit der im Gedicht gebannte Augenblick: Der Körper, der im Gedicht gebannt wird, offenbart uns den Augenblick. Es ist die »Stunde, die einen Leib hat«, der Augenblick, der uns nur durch die liebeserfüllte Offenbarung bewußt wird, die dadurch »durchsichtig« wird und uns die Welt sehen läßt. »Schon ist sichtbar die Welt durch deinen Körper«. Wenn man den bestimmten Ausgangspunkt des Gedichts auf diese Weise formuliert – er ist, vergessen wir es nicht, auch der Zielpunkt, zu dem die angefangene Wanderung hinführt, und daher das Zentrum der kreisförmigen Bewegung, Hauptmerkmal in »Sonnenstein« –, dann muß wohl seine weitere Entwicklung einem Aufbau folgen, der gleichzeitig äußerst streng und im höchsten Grade unstabil und wechselvoll ist. Daher kann nicht nur, nein muß sogar an das grundlegende sich durchhaltende Thema, das den Gedankengang gegenwärtig und aufrecht erhält, immer wieder angeknüpft werden; denn eine solche Gedankenäußerung besteht ihrer Natur nach aus ständigen Sprüngen, vorwärts und rückwärts, aus Finten, Zick-Zack-Bewegungen, Vertuschungen, die nicht so sehr dazu führen, daß die Bilder sich verwischen, sondern sich überlagern, sich vermischen oder ineinander übergehen. Der Dichter geht inmitten von »Klangfarbengalerien« und wie ein »Blinder«. Man merke sich beide Bilder, denn später wird man uns wiederholen »... du führst mich Blinden an den Händen / durch diese ewig starren Galerien / zum Mittelpunkt des Kreises ...«. Da werden wir bereits im eigentlichen Herzstück des Gedichtes sein. Greifen wir jedoch den Dingen nicht vor. Im Moment geht der Dichter zwischen Lichtreflexen, »ein Lichtstrahl löscht mich aus, in einem andern komme ich zur Welt ...« (Der Spiegel und der Lichtreflex werden zwei Konstanten im Gedicht sein, sind sie doch zwei vollkommene Sinnbilder seines zentralen Themas.) und sucht einen Körper, der eine Welt darstellt: Hier gibt es eine Stadt (mit Marktplatz und Kirche und Stadtmauern), eine Landschaft, ein Wasser, und den Himmel und das Feuer und den Mond und die Pflanzenwelt. Dies alles, nicht eines nach dem andern, sondern auswechselbar, gleichwertig, gleichzeitig in der Einheit. Da ist auch ein Wald, ein Pfad; dieser Pfad nun führt zu einer jähen Schlucht: dem Ausgang der Stirn – des Körpers – zum Gedanken hin. Der Wanderer stürzt sich hinab und verliert bei diesem brüsken Austritt aus der Welt der undifferenzierten körperlichen Einheit den Halt – besser gesagt, er verliert den Körper. Er sammelt seine verstreuten Fragmente und sucht weiter nach dem Körper. Jetzt sucht er ihn im Gedächtnis, in den Erinnerungen an die Vergangenheit. Doch diese verfliegen, während sie hervorgeholt werden. Alsdann fährt der Dichter mit seinem Suchen fort, »ich suche nach dem Ausgang meines Kopfes«, genau wie einige Verse weiter oben, »... an dem Ausgang deiner weißen Stirn«, denn die zugrunde liegende Einheit verbindet das Du mit dem Ich – und jetzt wissen wir, was er sucht: »... suche nach einem Augenblick«. Er sucht also, was er verloren hat, den stillstehenden Augenblick in der Gebanntheit des Gedichts, den Augenblick, in dem man zur Erkenntnis vorstößt, zur Offenbarung des All-Einen.

Im Moment, da der Augenblick verlorengeht, wird der Dichter sagen können: »Ich sinke mit dem Augenblick hinab«, und sich verdoppelnd – das Thema des Reflexes, des Bildes im Spiegel, des betretenen Schattens – sucht der Dichter sich selbst im Bemühen, den verlorengegangenen Augenblick zu finden, den Augenblick der Gebanntheit im Taumel. Am Ende taucht bei dieser Suche unversehens nicht *der*, jedoch immerhin *ein* konkreter Augenblick auf, an den man sich festklammern kann: »die Fünfuhrsonne eines Nachmittages«, da die Schule zu Ende ist. Er ruft sich eine konkrete weibliche Gegenwart in Erinnerung. Sie ist mit einer Haut bekleidet, wie die Mädchen sie haben, die Haut, wie der Raum sie ihnen verleiht. Gleich wie die weibliche Gestalt am Anfang des Gedichtes ist auch es »gekleidet in die Farbe meiner Wünsche«. Dieses Mädchen – ebenso wie die Frau am Anfang, die die gegensätzlichsten Elemente in sich vereinigt – ist sowohl Tiger (ein Bild, das der Autor bereits für die Frau am Anfang beschwor: »Die Tiger trinken Traum in diesen Augen«) als auch Wild, das fressende Raubtier also und die Beute zugleich: die sich ergänzenden Gegensätze, das Ying und das Yang, das Zunglein an der Waage des kosmischen Gleichgewichts. Dieses Mädchen ist alle Mädchen, das heißt, es ist viele und keines. Einer seiner möglichen Namen, Melusine, wird weiter unten erscheinen. Es vermischt sich mit Opferbildern (»der Klinge eines Degens bist du ähnlich / dem Becher Blutes in der Hand des Henkers«) und knüpft damit an ein späteres Thema der Dichtung an. Es ist eine Ranke, die die Seele des Dichters umwindet, so wie seine Blicke vorhin die Frau-Stadt umrankten; denn auch hier wie am Anfang muß das Gesetz des Austauschs und der Gegenseitigkeit gelten. Und diese Mädchenranke teilt die Seele entzwei – oder genauer »trennt die Seele . . . von sich selber ab« wie die Frau-Stadt am Anfang »eine Wehrmauer, die das Licht zerspaltet / in zwei Hälften . . .«. Dieses Mädchen ist eine »Handschrift aus Feuer« und weiter

»Handschrift des Meeres« und »Handschrift des Windes« und »der Sonne Testament« und wird schließlich die Haut des Dichters rot tätowieren »mit roter unlesbarer Schrift«. Es ist auch »Königin der Schlangen« und wird endlich selbst zur Schlange, da der Dichter sagen kann: »... Deine Schuppen, Melusine, sah ich grünlich im Frühlicht gleißen, schaudernd/ du schliefest eingerollt in deinen Laken«. Es ist der glückliche Widerspruch: »Schnee im August«. Und wiederum die Opferbilder: »Für den Erschossenen ein Strauß von Rosen« und »... Mondlicht auf dem Richtplatz«. Diese Hinweise wollen nicht bloß auf die letzte Entfaltung des Themas »Hinrichtung« vorbereiten oder es ankündigen; indem es sich in ein weiteres Repertoire von Beiwörtern zur Weiblichkeit einfügt, die mit der Fülle des Augenblicks gleichgesetzt wird, hebt sich auch sein Charakter als Offenbarung hervor: Der Orgasmus ist wie der jähe Tod – als Beispiel dient die Hinrichtung wegen ihrer brutalen Wirklichkeit –, ist ein Augenblick, der gleich wie die Gebanntheit im Gedicht Zeit und Dauer zu überwinden scheint.

Nun ist die Zeit stillgestanden: Wir befinden uns im Augenblick. Alle möglichen Mädchenbilder sind eins. Alles konzentriert sich auf jenen Schulhof, alles dreht sich um einen einzigen Augenblick; dies wird gar noch unterstrichen durch die religiöse Formel: Und von Ewigkeit zu Ewigkeit. Nicht mehr eine Frau, sondern ein Gesicht; nicht mehr ein Gesicht, sondern »ein Augenpaar« hindert den Dichter am Weitergehen. Wir halten plötzlich inne vor diesen Augen, vor diesem Gesicht, vor diesem Augenblick, emporgehoben »Letter um Letter« – wir haben ja gesehen, daß es eine »Schrift« ist –; jedoch außerhalb, oberhalb, unterhalb oder an den Rändern dieser Lähmung im Augenblick als poetische Offenbarung geht die Zeit weiter. Das Alter schreitet voran, die Tage fließen dem Zerfall, dem physischen Verfall entgegen und schließlich zum Tode hin. Parallel dazu und damit übereinstimmend und gleichzeitig verschließen sich in sich selber die Zeit und der Augenblick. Übrig bleibt ganz allein der Augenblick, »Umlauert vom Tod«, in dieser erstarrten Umklammerung durch die Zeit. Jetzt ist der Augenblick nicht mehr äußerlich; er bemächtigt sich des Dichters, er wächst in ihm, er verwandelt ihn – wie die Frau am Anfang – in einen kosmischen Körper, Planet oder Vegetation.

So im Augenblick festgehalten, können wir wiederum die Zeit fließen sehen, die wie Orpheus, da er aus der Unterwelt kommt, oder Lot, da er aus der verfluchten Stadt flieht, »fortgeht ohne Blick nach hinten«. Von hier aus – vom Mittelpunkt des Augenblicks aus – sieht der Dichter die Vergangenheit; jetzt ist sie nicht mehr flüchtig, sondern faßbar, und wir befinden uns von neuem vor dem Bild des Mädchens. Es ist aber kein Bild, das in unzählige Bilder vervielfältigt ist; es ist etwas Kompaktes und Unauflösbares. Es handelt sich um eine umgekehrte Bewegung, um eine eigentümliche Handlung des Austauschs, der inneren Dynamik im Gedicht; und was vorher ein Fließen war, ist jetzt Stein, widerspenstige Trockenheit eines Labyrinths, das den Pilger zu einer Erleuchtung führt; dazu neue Opferbilder: ». . . wie ein Glanz zu einer Axt gefrierend, / wie Licht, das Fleisch entblößend, faszinierend / wie das Schafott den Todeskandidaten, / biegbar wie eine Peitsche, schlank wie eine / Waffe, schimmernde Zwillingin des Mondes . . .« Diese überrollende, aggressive Gegenwart vernichtet buchstäblich das Wesen des Dichters. Es ist der Augenblick der Liebe, der niederschmettert und entleert und dabei alle Widersprüche in einer unaussprechlichen Einheit auflöst. Eingetaucht in dieses Absolute, vergißt der Pilger seine Vergangenheit, setzt seine Freunde mit der Herde der Kirke gleich – sich selber dementsprechend mit Odysseus, dem Weitgereisten, dem unaufhörlich aufgehaltenen und gefangenen –, da sie ja »grunzen unter Schweinen«. So kommen wir zum gänzlich individualisierten Bild der Melusine als Schlange, das wir vorweggenommen haben. Plötzlich erwacht Melusine, schreit und fällt in die Zeit außerhalb des Augenblicks zurück, womit sie ihr Wesen verliert: Die feste Kohäsion des offenbarenden erotischen Augenblicks löst sich, und dieser Fall in die Zeit außerhalb des Augenblicks bringt uns wieder – besser gesagt, stellt uns zum ersten Mal – auf die Ebene von alltäglichem scheinbarem Realismus. Und dann »... finde ich mich wieder, kurzsichtig, unter Husten/ in alten Fotos wühlend ...« Diese Ebene ist nur Schein, denn sie ereignet sich »am Ende aller Zeiten«. Sie übt die Funktion eines objektiven Korrelats aus, will jedoch nicht wörtlich genommen werden. Denn in den Jahren, da Paz »Sonnenstein« schreibt – wenn er auch im Präsens spricht –, hatte er gewiß, so wenig wie heute, weder schlechte Augen und wohl auch keinen Husten. Das nämlich, was im Innern des Gedichts als bereits gegenwärtig erscheint, ist für die äußere Wirklichkeit als künftiges Ereignis anzusehen. Wenn demnach die Gegenwartsform verwendet wird, so ist das kein Hinweis auf den Moment, in dem das Gedicht entsteht, sondern eher auf eine voraussichtliche Zukunft. Andererseits ist der Übergang vom Augenblick zur Zeit und damit von der unbeweglich gemachten Gegenwart in ihrer Gebanntheit zur Zukunft, in der sie alt geworden ist, eine Tatsache, die im Innern des Gedichts entsteht; sie ist wie die vorangegangenen Vertauschungen und Zick-Zack-Bewegungen ein Teil des im Text Erzählten und nur in dem Maße biographisch, als das Gedicht selber es ist. Mithin ist sie es im buchstäblichen Sinne – dann allerdings im höchsten Maße – nur als Ereignis, das zum Text gehört, jedoch nicht in bezug auf die persönliche, äußere Existenz des Autors, sondern – was nicht genau dasselbe ist – in bezug auf die Existenz, die er als Persönlichkeit im Gedicht besitzt.

Melusine ist nun entschwunden. Dem Leser wird es nicht unangenehm sein, hier in einer kleinen Abschweifung zu erfahren, daß Melusine der Name einer Nixe ist, die dazu verurteilt war, sich jeden Samstag vom Gürtel abwärts in eine Schlange zu verwandeln und daß sie – sie war mit Raimund von Poitiers verheiratet – von diesem verstoßen wurde, als er ihr schlimmes Geheimnis entdeckte. Sie kam jeweils nur zurück, um mit ihren Schreien das Unheil anzukündigen, das das Schloß Lusignan, den Ort ihres ehelichen Unglücks heimsuchen sollte. – Da nun die starre Faszination in der Gebanntheit des Augenblicks, den Melusine heraufbeschworen hat, gewichen ist, wird der Dichter wieder gewahr, daß die Gegenwart, die alle Gegenwarten bedeutete, eben deshalb gar keine ist: »... da ist niemand / du bist niemand ...«. Die Bilder der Hinfälligkeit und der Auflösung übertragen sich vom Dichter auf die Frau mit einer Intensität, die des Sonetts von Ronsard »Quand vous serez bien vieillie« würdig ist. Darin werden das gebrechliche Alter der Geliebten und die jenseitige Existenz des verstorbenen Liebhabers unter der Erde als »Gespenst ohne Knochen« zusammengeführt. Jedoch: der Grund, weshalb sie niemand ist, ist wiederum der Grund dafür, daß sie alle Frauen verkörpert, und zwar in den drei Hauptrollen als Geliebte, als Mutter, als Tochter, die eine Frau für den Mann gewöhnlich spielt. Die zwei letzteren, die in der ersten aufgehen und so oder anders Teil ihrer Komponenten werden können, setzt – von verschiedenen Gesichtswinkeln aus betrachtet – eine untergeordnete, als Projektion, als Reflex gelebte Existenz voraus. Es ist eine weitere Variante des Themas der Vernichtung, der Zerschmetterung des eigenen Seins, die hier wie der mögliche Aufruf, nicht mehr zu »leben«, um »gelebt zu werden«, auftritt: »fallen und wiederkehren, träumen, mich und / daß andre, künftige Augen mich träumen«. Doch es kommt zu einem Rückzug, und der Dichter verläßt diesen Weg; er würde zu einer unmittelbaren und auslöschenden passiven Ekstase führen. Er wendet sich wieder der Suche dieser »Nacht« zu und dieses »Augenblicks« »... der unaufhörlich / sich auftut, mir enthüllt, wo ich gewesen, / wer ich war, wie du heißt, wie ich heiße«. Eindeutig geht es darum, den Augenblick auf der Suche nach seiner Gebanntheit im Gedicht zu belagern, ihn zu umzingeln, da er uns unser wahres Wesen offenbaren wird.

Bei dieser Untersuchung steigt zunächst eine lange Reihe von Fragen auf, die von wahrscheinlich echten Fragmenten aus der persönlichen Biographie des Dichters herrühren. Sie erscheinen und drängen sich in wachsender Zahl und mit zunehmender Häufigkeit und münden schließlich in einen bestimmten Augenblick: in »Madrid war's 1937 / auf der Plaza del Ángel ...«. Eine Bombenszene aus dem spanischen Bürgerkrieg, an dem Octavio Paz wie so viele andere Schriftsteller, die für die republikanische Sache eintraten, teilgenommen hat. Es ist festzuhalten, daß es die zweite Anspielung im Gedicht auf einen bestimmten Augenblick ist, nicht mit Fragezeichen versehen werden muß und viel eingehender und konkreter als die vorhergehende ist, die sich auf den Schulschluß um fünf Uhr nachmittags in einer Mädchenschule bezieht. Zum ersten Mal aber wird hier die dritte Person Mehrzahl, im Präteritum, verwendet, um eine Begebenheit wiederzugeben. Ein Paar, das sich während der Bombardierung der Liebe hingibt. Ein namenloses Paar, das einer persönlichen Erfahrung oder einer außerhalb des Dichters stehenden Erinnerung entsprechen kann, oder ganz einfach eine sinnbildliche Darstellung dessen sein will, was ab jetzt zu einem der Kernstükke des Gedichts wird: die subversive und revolutionäre Wirkung der Liebe und der Erotik; ein grundlegendes surrealistisches Thema, das als Kampfansage an eine repressive und hierarchische Umgebung hereinbricht, aber auch als Weg, der zur Fülle des Augenblicks führt: Verklärt in der Liebesbegegnung, kann tatsächlich jeder Augenblick zu einem besonderen Augenblick der Offenbarung werden (»... jede Türe / führt zum Meer ... in freie Landschaft«). Dies kann als buchstäbliche Metapher aufgefaßt werden, aber auch als eine Anwendung der stehenden spanischen Redensart: »poner puertas al campo«, mit der man etwas Unmögliches bezeichnen will. (Sie diente der Essay-Sammlung von Paz »Puertas al campo« 1966 als Titel.)

In sich selber abgeschlossen, unverwundbar für die Zeit, ist der Augenblick der Liebe der Augenblick der vollen Freiheit. Er stellt sich in einer wohlgelungenen Abfolge von satirischen Anwürfen in Gegensatz zu den Statisten und Symbolen der Repression, welche Spaltung und Verneinung jener grundlegenden Einheit ist, die wir in der Offenbarung des Augenblick erkennen. Solche repressiven Sinnbilder, »die einen Menschen trennen von den Menschen, / den einen von sich selber ...« und die durch sie verursachte Spaltung bedeuten Verstümmelung. Gemeint ist hier natürlich nicht jene Spaltung der Seele in bezug auf sich selbst, mit der, wie wir vorher gesehen haben, die liebeserfüllte Gegenwart die Stumpfheit des Seins aufbricht und es durch die Kenntnis des andern für die Selbst-Erkenntnis öffnet. Es geht hier vielmehr um die Trübung der Sicht für das, was die Welt zur Einheit macht, wie es die Gebanntheit des Augenblicks zu sehen erlaubt. Dieser Trübung der Sicht steht der »unendlich klare Augenblick« der Fülle und Freiheit gegenüber, in dem wir, in der Liebe, nicht nur »die Einigkeit, die wir verloren«, das heißt: die ursprüngliche menschliche Wesensart, sondern sogar, ja gerade durch sie, eine wirkliche Befreiung vom konkreten Freiheitsverlust erleben, wie ihn notwendigerweise jede gesellschaftliche Organisation mit sich bringt und uns leben läßt »für ewig an die Kette angeschmiedet / von einem antlitzlosen Herrn ...« Eher, als sich einer solchen Verurteilung und den Normen zu beugen, die festlegen, ablenken und schließlich die alles umstürzende Macht der Liebe von Tugend entblößen und neutralisieren, würde sich der Dichter lieber für die Ablehnung entscheiden, für die verfolgte Liebe – weil schändlich, wie Sade, ein anderes surrealistisches Sinnbild – oder für die einsame Enthaltsamkeit des Mystikers, der sich in die Offenbarung einer göttlichen Gegenwart versenkt, wo eine Identität mit der Offenbarung des Absoluten in der Tiefe des Augenblicks durchscheint: »Das, was wir Gott genannt, Sein ohne Namen / betrachtet sich im Nichts. Sein ohne Antlitz / taucht aus sich selbst empor ...« Die drei Entscheidungsmöglichkeiten des Sich-Fügens, der verfluchten Liebe, der religiösen Betrachtung nicht weiter verfolgend, setzt der Dichter seinen Weg fort und wird sagen können: »... bleibe reglos stehen, / kehre zurück zum Ausgangspunkt und suche / dein Gesicht, wandernd durch die Gassen meines / Wesens ...« Denn wir sind wiederum beim Ausgangspunkt, der wichtigsten Triebfeder der ganzen Dichtung: bei der Suche nach der Fülle des eigenen Ich im liebeserfüllten Augenblick. Von neuem vor der Frau, ahnt der Dichter diese Fülle und geht in seinen Worten zur dritten Person Mehrzahl über (»wenn zwei ... niederfallen / auf das Gras ...«), die fast unmerklich in die erste Person Mehrzahl übergehen werden: »... wir verlieren unsere Namen, / lassen uns treiben ...« Mit dem ersten Stilmittel will der Dichter die Liebeserfahrung bis zum höchsten objektivieren; sie steht ja allen offen, doch niemandem im besonderen. Mit dem zweiten will er sie subjektivieren, ebenfalls bis zum höchsten, da ja, so wie sie allen offensteht, sie auch jedem einzelnen zukommt und demzufolge auch dem Dichter – dem Leser – als konkretem Individuum.

In der Fülle dieses Augenblicks ist die Zeit stillgestanden und man glaubt, man habe jetzt die Gebanntheit der Betrachtung und der Versenkung im Absoluten erlangt. Doch schon meldet sich die Geschichte – die historische Zeit und mit ihr das Böse in der Welt – zu Wort und veranlaßt zu der ernsten Frage: Welches ist ihre Rolle bei all diesem? Hier wird nach nichts Geringerem als nach dem Sinn der Geschichte und der menschlichen Existenz auf Erden gefragt. Unvermittelt erscheint diese Frage hinter der weißen Fülle des Augenblicks und profaniert sie mit dem Schmutz des greifbar Bösen: der Tod Abels, die Tragödie des Agamemnon und der Kassandra, der Untergang von Ninive, die Weissagung von Brutus' Niederlage, die Ängste des Montezuma. Mit Ausnahme des spanischen Offiziers Churruca, der im Angesicht der englischen Flotte in der Schlacht bei Trafalgar sein Leben verlor, betreffen alle angeführten Tode aus der modernen und zeitgenössischen Epoche bezeichnenderweise Revolutionäre: Robespierre, Trotzki; oder Politiker: Lincoln und Madero, die nicht starben, während sie ihr Land in einem Waffengang verteidigten, sondern weil sie von ihren ideologischen Gegnern hingerichtet oder umgebracht wurden. Diese zweite Gruppe der historischen Ereignisse steht in lebhaftem Kontrast zur ersten, in der – ausgenommen Sokrates und Brutus – niemand erwähnt wird – die Gestalten aus den Mythen und den Legenden mitgerechnet –, der im besonderen seine gesellschaftlichen Ideen verteidigt hat und deswegen hat sterben müssen. Auch wenn man die Tücken des Zufalls mitberücksichtigt, läßt uns diese Auswahl an Hinweisen neben der blinden Brutalität des Bösen zudem seine besondere Erscheinungsform in der modernen Geschichte bedenken: dieses tragische Spiel der Irrungen, bei dem es einem passieren kann, daß man, weil man das Gute tut, bezahlen muß, als hätte man das Böse getan, und, was das Schlimmste ist: man kann Böses tun – o höchste Tragik der gescheiterten Revolutionen – und glauben, daß man das Gute tut, da man ja nicht im Namen des eigenen Landes oder des eigenen Staates handelt, sondern im Namen einer Idee von dem, was das Zusammenleben, was die Gesellschaft sein soll.

Aber schließlich gleichen alle diese historischen Todesfälle in ihrem Wesen jedem anonymen Tod: Das Rätsel des menschlichen

Schmerzes bleibt stets dasselbe, auch wenn es eine öffentliche Persönlichkeit betrifft. Dieses Rätsel berührt das ganze Leben schon von der Geburt an, die ja auch Schmerz bedeutet, ein Übergang vom Nicht-Sein zum Sein, ähnlich wie der Tod; und dann das Verhältnis zwischen dem Opfer und dem Henker, beide unzertrennbar und sich ergänzend, eine Inkarnation all jener Opferbilder im historischen Bereich, die vor dieser Stelle in der Dichtung an uns vorbeigezogen sind. Alles scheint dasselbe zu sein, sich wie in der barocken Dichtung »in Erde, Rauch, Staub und Schatten, in nichts« aufzulösen (so der Schlußvers eines berühmten Sonetts von Góngora). Aber sollen wir denn angesichts der übergroßen Ungerechtigkeit das gänzlich Unannehmbare hinnehmen, das, was für die vom Christentum gestaltete Welt im »Schrei am Freitagnachmittag«, in jenem Schrei der Todesangst auf Golgotha, oder – von der nicht religiösen Perspektive aus betrachtet – »im Schrei all der Menschen« verkörpert wird, daß der Dichter, anders als seine Vorgänger im Barock, sich nicht auf die Ebene der religiösen, überirdischen Transzendenz stellt, daß auch dieses hier des Sinnes entbehrt und in der endlichen Auflösung im Nichts vergeht? »Geht denn nichts vor in diesem Zeitvergehen?« Sind denn die menschlichen Mühsale, die es mit dem Lauf der Zeit aufnehmen, und in der Gebanntheit des Augenblicks ihre Auflösung finden, im Grunde genommen nur ein belangloses Ereignis für jene, für die das besondere, dem Gedicht zugrunde liegende Verständnis der Dinge keine Antwort hat, so wenig wie die befreiende Erfahrung, die den Zugang zur Fülle des Seins eröffnet?

Kein Zweifel: Es »geht nichts vor in diesem Zeitvergehen«, denn »die Toten stecken starr in ihrem Tode / und können keinen andren Tod mehr sterben« und »Ihr Tod ist schon das Standbild ihres Lebens«. Bei diesen Versen denkt man unwillkürlich an den toten Edgar Poe, wie ihn das Sonett von Mallarmé uns schildert:

Tel qu'en lui-même enfin l'éternité le change. Aber noch näher liegt der barocke Stoizismus eines Quevedo, wenn man uns sagt »daß wir das Denkmal eines Lebens sind, / das fremd und ungelebt gar nicht das unsre ist«. Und Quevedo selbst sagt: »Spaten sind die Stunden und Minuten, / die zum Lohn für meine Not und Mühe / mir ein Denkmal schon zu meiner Lebzeit graben«. Er vereint in diesem Dreizeiler jenes Dilemma zwischen der fortwährenden Erosion durch den menschlichen Schmerz und der unwandelbaren Ewigkeit des Todes, der ihr widersprüchliches Werk ist. Wir befinden uns mitten in der Frage nach dem menschlichen Schicksal, genau da, wo Augustinus sich befand, als er seinen »Gottesstaat« schrieb. Gleich wie der Bischof von Hippo fragen auch wir uns nach dem Sinn der Geschichte; jedoch mit dem Unterschied, daß, wenn wir eine Antwort auf diese Frage geben, es eine Antwort sein muß, die das Hier und Jetzt berührt, eine Antwort, für diese Welt und für uns Menschen von heute aus Fleisch und Blut; und darüber hinaus, da es sich um ein literarisches Werk handelt, muß es eine Antwort sein auf dieses Gedicht hier, auf die Frage nach dem eigentlichen Mittelpunkt dieses Gedichts und darauf, was die Fülle des Augenblicks ist. Hier ist der ästhetische Erfolg nicht zu trennen vom ethischen: Wenn keine Antwort gegeben wird, ist das, was das Gedicht aussagt, nicht gültig, und man kann es weder als literarische Arbeit befriedigt aus der Hand legen, noch die Erfahrung, die es uns vermittelt – sie gehört unbedingt zum Prozeß seiner Abfassung –, als etwas Zutreffendes annehmen. Als bildlicher Ausdruck eines Weges, der zur Erkenntnis hinführt, ja noch viel mehr als Weg zur Erkenntnis an sich, erwiese sich diese Erstwanderung zum Augenblick als Halbheit, im Dunst einer momentanen und farblosen Ekstase sich verlierend.

Um für diesen letzten Zweifel eine Auflösung zu finden – die endgültige, diejenige, die alle Türen zu einer neuen Perspektive öffnet oder schließt –, muß der Dichter wiederum innehalten und sich eine Frage stellen: Sie betrifft diesmal die grundsätzliche Haltung, die er seit Beginn des Gedichtes eingenommen hat: die individuelle Perspektive. Er hat sie im Gebrauch der ersten Person Einzahl oder Mehrzahl immer da zum Ausdruck gebracht, wo dem Leser die Möglichkeit geboten war, auf dem beschrittenen Weg den Standort des Dichters einzunehmen. Bezeichnenderweise ist er einzig da zur dritten Person übergegangen, wo er das Vorübergehen des Mädchens beschrieb und von zwei Liebesabenteuern berichtete. Der individuelle Standpunkt wurde also nur da verlassen, wo es darum ging, etwas zu erzählen; bei dem eine andere Person als die sprechende beteiligt war. Jäh zeigt sich mit einer einfachen Folge von Fragen ein Riß in dieser Individualität, und wir erkennen, wie tief die Liebe sie teilte und auf welch schlimme Weise andererseits die gesellschaftliche Repression das Individuum zwar nicht von seiner Wurzel selbst, wohl aber von seinem Mensch-Sein unter den Menschen abtrennte. Durch die Liebe gelangen wir zu dem, was Paz an anderer Stelle mit »la otredad«, die Anderheit, bezeichnete, die uns aus dem Abgrund der Spiegel und Reflexe befreit, in welchem wir bis dahin umhergeirrt sind. Er lädt uns ferner ein, uns in der Verschmelzung mit dem anderen zu erkennen: »All diese Andern, die wir sind, / . . . / die andern, die nicht sind, wenn ich nicht da bin, / die andern, die mir volles Dasein geben«. Aus der Erkenntnis dieser grundlegenden Wahrheit heraus ist es möglich, daß die Offenbarung des Liebesaugenblicks sich einer rein irdischen Transzendenz öffnet, die gleichzeitig über der Ebene des bloßen Alltags steht: Durch das Da-Sein der Liebe in ihrer ganzen Fülle erfahren wir, daß unser Leben nicht jedem einzelnen allein gehört, daß wir die anderen brauchen, um wirklich wir selbst zu sein. In diesem Sinne ist Liebe Erkenntnis, und der Dichter kann das Mädchen mit den tausend Namen bitten: »zeig

mir dein Antlitz endlich, daß ich sehe / mein wirkliches Gesicht, das von dem andern, / mein Angesicht von uns, uns allen, immer«. Und er wird hinzufügen »Wecke mich auf, ich komme zur Welt . . .« denn, da man der Gegenwart geboren wird, indem man sich selbst im anderen Wesen sieht, wird man auch jenem Raum geboren, wo die historische Zeit einen Sinn haben kann.
Diese Offenbarung kann in Venus, dem Stern des anbrechenden Morgens, der Leuchte der einbrechenden Nacht – sie entspricht dabei der Fülle der Offenbarung im Augenblick bei der Geburt und beim Tode – Gestalt annehmen. Dieses Gestirn wird den Dichter aus dem Grabe holen – (denn er bittet es: »vereine meinen zerstreuten Staub«) –, um ihn alsdann im endgültigen Frieden zu begraben. Er will damit sagen, daß dieses Gestirn ihn vom einst panisch gefürchteten Fall in den Abgrund der Zeit und der Hinfälligkeit behüten und ihm die Transzendenz im Zusammentreffen mit der Anderheit bei der Vereinigung im Liebesaugenblick erfahren lassen wird. Venus: Morgen- und Abendstern und zugleich Göttin der Liebe, zweifache Glücksbringerin; wegen der Metapher in ihrer Mythologie: eine Geburt, damit auch ein Tag-Werden, ein Eintritt in das Leben und so auch in den Tag. Es ist eine Stelle, in der der Dichter sich der sprachlichen Besonderheit des Spanischen bedient: der Gebrauch des Verbs »amanecer«, Tag-werden, in der Personalform: »Jeder Tag ist Geburt, Geborenwerden, / ein jeder Morgen, und ich selber tage, / alle tagen wir schon . . .« So kann die Geliebte, die Frau, die andere, das andere, die Anderheit – Venus – »Türe des Sein« genannt werden, denn sie eröffnet uns die wahre Transzendenz eines Augenblicks, dessen letzte Offenbarung es war – jetzt wissen wir es –, daß in ihm sich die Individualität auflöst und wir alle eins werden. Die Einheit der Welt schließt überdies die Einheit der Wesen in sich und »alles verbindet sich in steter Wandlung«. Wir sind vor diese »Türe des Sein« gekommen, und wir können sie

bitten, daß sie uns dahin führe, »wo ich du bin, wir jeder wahrhaft wir sind«. Und weiter können wir die, die »tausend Antlitze hat und keines«, bitten: »arbeite deine Züge aus, besitze / Gesicht, daß du das meine ansiehst und ich / deines . . .« Wir können die andere bitten, daß sie jemand sei, daß sie da-sei und nicht nur als Brücke zur Selbsterkenntnis meines eigenen Wesens. Im Augenblick des Gebanntseins – es ist der Augenblick der Erkenntnis in der Liebe und die Offenbarung unserer selbst in den anderen – stehen wir vor dem »Quellstrom, in dem sich lösen unsre Mienen / zum Antlitz Namenlos, Sein ohne Antlitz, / sprachlose Gegenwart von Gegenwarten . . .« Aber, wie Paz Jahre später in »El mono gramático« schreiben wird, ist »die Gebanntheit immer Sache des Augenblicks«. Da wir ans Ende der Suche gelangt sind, und der Augenblick der Gebanntheit, der Augenblick der offenbarenden, befreienden Fülle dargestellt, schickt es sich für den Menschen nicht, sich in ihm länger aufzuhalten, als eben der Augenblick eines Gedichts gedauert hat: Nachdem wir mit der Natur des Augenblicks kommuniziert haben, reißen uns die letzten Verse von »Sonnenstein« aus der Gebanntheit und überlassen uns wiederum dem zeitlichen Lauf. In ihm, der ständig in Bewegung ist, beginnt von neuem die Strecke, die wir eben durchlaufen haben, und wir wissen jetzt, daß, gleich unserem eigenen Leben, dieses zyklische Gedicht – man muß es immer und immer wieder zur Hand nehmen – die Suche nach der Gebanntheit wiederholen wird, jedesmal, wenn wir es lesen.

V

Es ist vielleicht möglich, »Weiß« zu beschreiben, aber es ist fraglich, ob dies nötig ist. Die verschiedenen Lese-Möglichkeiten, die der Text zuläßt, sind von Octavio Paz selbst in einer Vorbemerkung angeregt worden, die gewissermaßen jeden Kommentar überflüssig macht. Noch komplexer als »Sonnenstein« wegen der Genauigkeit der verwendeten Sprache – der phonologischen, semantischen, kurz textuellen Merkmale – und von vollendeter Kunst – (In »Sonnenstein« wäre es durchaus denkbar, daß dieser oder jener Vers, dieses oder jenes vereinzelte Bild dann und wann gegen ein anderes, nicht minder geeignetes Bild ausgetauscht werden könnte; ihre Bedeutung für die globale Architektur des Gedichtes ist es, die jedes dieser Elemente unersetzbar macht, während in »Weiß« Vers für Vers, Wort für Wort, kurz alles wesentlich ist. Es gibt keine mögliche Änderung oder Verbesserung, nicht einmal, wenn man jedes Element für sich allein betrachtet.) – hebt sich »Weiß« von »Sonnenstein« vor allem durch einen surrealistischen Zug ab: das, was Breton den Verzicht auf ein äußeres Thema nannte. In »Sonnenstein« hatten wir – wir haben es eben gesehen – ein Thema: die Beschreibung einer Wanderung oder Pilgerschaft, die im Innern des Gedichts vor sich ging und grundsätzlich von einer identifizierbaren Person, ob nun vom Dichter oder vom Leser, ausgeführt wurde, wobei eines der ältesten literarischen Gestaltungsmittel Verwendung fand, das die »Odyssee«, aber auch »Las Soledades« von Góngora belebt hat. Zudem ließ sich, wie wir feststellen konnten, diese Reise in Begriffe der moralischen und metaphysischen Sprache überführen, die mit dem täglichen Leben außerhalb des Gedichts übereinstimmen. Demgegenüber geschieht in »Weiß« das, was geschieht, innerhalb des Gedichts und bezieht sich ausschließlich auf die Realität im Gedicht. Ferner führen die Elemente aus der Wirklichkeit außerhalb des Gedichts (Anspielungen z. B. auf das Klima oder die Orographie Mexikos oder Indiens) nicht dazu, dieses in Raum und Zeit außerhalb des Geschriebenen anzusiedeln; ganz im Gegenteil: Es obliegt ihnen, Angaben im Text als solche zu verstärken, so daß ihre Funktion derjenigen gerade entgegengesetzt ist, welche die Metapher, die Metonymie und das gegenständliche Korrelat zu erfüllen pflegen. Es geht nicht darum, daß das Gedicht uns nach Mexiko oder nach Indien verpflanzt, sondern daß Mexiko und Indien uns zum Gedicht hinführen. Das Geschriebene ist hier nicht ein Bild der äußeren Welt; im Gegenteil, die äußere Welt ist hier ein Bild für das Geschriebene. Genau hierin besteht die besondere Art, in der »Weiß« zu uns über die äußere Welt redet. Da es in sich selbst eine Welt darstellt, die ebenso eingekapselt ist wie unser Erkennen, spricht »Weiß« nur von den Beziehungen, die es – durch das Geschriebene – mit der äußeren Umgebung und mit sich selbst aufrechterhält. Wie die Geheimtinte der Spione nur unter einem bestimmten Licht sichtbar wird, können diese Beziehungen nur im eigentlichen Augenblick des Gedichts erkennbar gemacht werden. Er ist der Augenblick der anhaltenden Gebanntheit und entspricht dem Augenblick der Liebesbegegnung, wo sich ein gleicher Stillstand beim maschinellen Weiterschreiten des Sich-allein-Erkennens einstellt, um uns unversehens mit der Anderheit in Beziehung zu bringen. Daher ist die Schrift das beständigste Korrelat der Erotik und umgekehrt: Das, was »Weiß« erzählt – den reinen phänomenologischen Stillstand in einem Augenblick –, kann in gleicher Weise durch Bilder der Erotik und durch solche der Schrift ausgedrückt werden. Dem entspricht, daß Paz an anderer Stelle von der »Sprache des Körpers« redet; noch weiter geht eine andere Formulierung von ihm: »Die Sprache ist ein Körper«.

So ist »die weibliche Erscheinung«, die zu Beginn von »Weiß« beschworen wird, la palabra, das Wort, dessen Auftreten sich durch ein abgestuftes Spiel von Anklängen kundtut:

el comienzo

el cimiento

la simiente

latente

der urmoment

das fundament

das samenkorn

latent

um sich zu einem eindeutig weiblichen Bild hin zu öffnen

die begrabene mit den offenen augen

und in eine reine mallarmésche Vakanz zu münden: in die Leere, die auf der weißen Seite wartet

ohne namen ohne rede

Nach diesem Antiphon ist das Thema des ersten Saztes die Ahnung vom Andringen der Sprache, die empordrängt bis zum Sagen und sich nach drei Anfangs-Versen

Aufsteigt und ab,
Strickleiter im Stollenschacht,
die unbewohnte Sprache

in drei aufeinanderfolgenden Korrelaten äußert, die ihrerseits das zu entwickelnde Grundthema anschlagen. Das erste Korrelat ist die Schau einer brennenden Lampe in der Nacht »unter den schweigsamen Wirrnissen« (wobei »taciturno«, schweigsam, über seine heutzutage eher allgemeine und metaphorische Bedeutung hinaus deutlich auf seine lateinische Etymologie verweist: auf das hartnäckig Verschwiegene, Stumme, Stille). Diese Lampe mit ihrer Abwandlung zum »Stengel« und zum »Laubwerk« bereitet das nächste Korrelat vor: die Sonnenblume, die ebenfalls Licht in die Dunkelheit bringt. Das Gelbe und die Blumennatur der Sonnenblume führen uns ihrerseits zum dritten und letzten Korrelat: zum gelben Kelch einer Blume in der Hand. Aber diese Blume ist nicht materiell

weder gesehen, noch gedacht:

gehört

Es ist das Wort, das brennt wie der Docht der Lampe oder die Sonnenblume am hellen Tag.

Das erste Zwischenspiel – die zwei kontrapunktierten Gedichte, die auch ein einziges sein können und das Gedicht in der mittleren Spalte herausstellen, verstärken oder ergänzen – entwickelt das fast gleiche Thema auf der doppelten Ebene der erotischen Vision: der Blick des Liebhabers in einem Zimmer, das vom Kaminfeuer erhellt ist, geht vom Schatten an der Wand zur wirklichen Frau und der Sinnenhaftigkeit: aus der Vielzahl nächtlicher Erscheinungen sondern die Sinne ein Leben aus. So haben wir in dieser Phase nacheinander isoliert: a) ein Wort oder das Wort; b) eine Frau oder die Frau; c) einen Sinneseindruck oder den zentralen Sinneseindruck, der den Text in Gang bringt.

Im Nachfolgenden beginnen wir, ohne ein Wort zu sagen. Wir sprechen noch nicht. Wir sind in Erwartung des bevorstehenden Einfalls der Sprache, in einer »Reinigungs«-Phase, wie in jenen Perioden der »Dürre«, von denen die spanischen Mystiker des 16. Jahrhunderts sprechen. Es sind »feuchte Silben«, Verheißungen von Feuchtigkeit und Regen, kontrapunktierend mit Bildern der Trockenheit: die felsige und trockene Kalkwüste Mexikos, Erde aus Knochen verstorbener Vorfahren, die das gegenwärtige Leben des Dichters bestimmen und einkreisen. Dieses Thema wird Paz in einigen bedeutenden Dichtungen der siebziger Jahre, wie in »Petrificada petrificante« weiterentwickeln.

Hier wird mit der niederdrückenden Klangmalerei

la ceñuda peña de los siglos

die klamme, felsgraue Clique der Jahrhunderte

das Schweigen jemandes, der im gewöhnlichen Leben zwar spricht, aber »nicht redet«, weil er von einer atavistischen und doch historisch wie geographisch genau bestimmbaren Umgebung, die ihn der wahren eigenen Sprache beraubt, »eingemauert« und »hingemordet« wurde (weiter oben hieß es »Quellmund, / verstopft«), dem Dichter entgegengesetzt, der einsam und gewissermaßen in Ausübung einer scheinbar überflüssigen und sterilen Tätigkeit sich inständig bemüht, »Knochen zu polieren«, das heißt, aus der grimmigen Dürre seines Stammes eine eigenständige Sprache zu erlangen, was soviel heißt wie »Schweigen wetzen«, um der Trockenheit, dem Nichts, sein Gegenteil abzutrotzen: »Durchsichtigkeit«, »Welligwerden«, ja »Glitzerkräuseln«, oder endlich das, was durch die drei eben genannten Substantive steigernd anklingt: »Wasser«.

Der nachfolgende kontrapunktierte Einschub entfaltet sich unter dem Zeichen des Wassers: Wasser ist der Körper der Frau, in den man eindringt; und da er Wasser ist, ist er Spiegel, ist er Reflex, also Wahrnehmung – Thema der rechten Spalte, die den Bereich des Feuers mit dem des Wassers zusammenbringt im Körper der Frau, gesehen in der Tätigkeit der Wahrnehmung, und am Ende der Wahrnehmung als Sinnbild für die ganze Welt, die zugleich uns dadurch existieren läßt, daß wir sie wahrnehmen: »meine Schöpfung ist das hier was ich sehe / ich bin die Schöpfung dessen was ich sehe«. So fließt die Einheit der gegensätzlichen Dinge (Wasser – Feuer, Mann – Frau, Individuum – Welt, Bild – Reflex, Wahrnehmung – wahrgenommenes Ding) im Wasser zusammen; in der »Transparenz«, in der unsagbaren Schau des Einen.

Wiederum überläßt uns die mittlere Spalte, die ihren Gang von neuem aufnimmt, der Dürre im düstersten, zerklüftetsten, ausgedörrtesten Teil des ganzen Gedichts, unter einer »ungerechten« Sonne (Abwandlung der spanischen Redewendung »sol de justicia«, Sonne der Gerechtigkeit). Diese ausgebrannte Szenerie ist nicht lokalisierbar: Es könnte Mexiko sein, aber man denkt eher an Indien. Es ist die extremste Phase der »Trockenheit«, in der die Verklammerung der Korrelate von äußerer Welt und Sprache die größte Intensität erreicht, »die Erde ist eine ausgebrannte Sprache«. Das gleiche geschieht zwischen äußerer Welt und Schrift oder (genauer gesagt) dem Papier

Der Himmel wird schwarz
wie diese Seite

Die Spannung muß sich entladen; und zwei Klangbilder mit umgekehrtem Vorzeichen kündigen den Wechsel an:

inminencia de violencias violetas
Anrückende Drohung violetter Gewalten

Himmelssphäre, Ankündigung des Sturms auf der einen Seite; auf der anderen, in der Sandwüste

la cerrazón de reses de ceniza
das geballte Gewölk der Aschenränder

Erdensphäre, mit der aufgewühlten, empörten Trockenheit, die wild gegen sich selbst wütet. Der Ausbruch des Unwetters bekommt den rituellen Charakter einer sakralen Zeremonie, die an gewisse Passagen der Nahuatl-Dichtung erinnert, und sie erscheint als das Sich-Öffnen des Elements Erde für das Element Wasser und als das »calcare terram« eines atavistischen Tanzes: Sinnbild für die erotische Besitzergreifung und Befruchtung und schließlich – in der Rückwendung zur gewöhnlichen landwirtschaftlichen Wirklichkeit – für die Bewässerung des Ödlandes, das gedeiht und grüne Früchte bringt.

deine Samen bersten,
es grünt das Wort.

Das nachfolgende kontemplative Zwischenspiel zeigt uns die Frau in erd- und planetenhafter Ruhe und das Bild der Frau als Abbild der Welt: Die weibliche Ritze ist hier ein Ort der Konvergenz, Mittelpunkt der Betrachtung all dessen, was nach der Liebesbegegnung sichtbar ist für die Phantasie. Nach dieser Parenthese gerät das Wort, das eindrang, befruchtet hat und in »Seligkeit genug« erstarrt ist, wieder in Bewegung, rings um den zentralen Kern des Bewußtseins. Die Sinnesreize werden jetzt flink und flüchtig, austauschbar in einem sehr schnellen Satz voller Übergänge: »Ich denke nicht, ich sehe«. Und diese Flucht vor der Gebanntheit wirkt schließlich sogar auf die Identität des Dichters ein, der auch hier wieder, wie beim Herausgehen aus der Stirn in »Sonnenstein«, den Halt verliert, wieder in einer ländlichen Gegend, mit einer Folge von Alliterationen, die das dünne Pfeifen von etwas Entschwindendem evoziert:

los sinfines,
desfiladeros afilados
endlos fliehenden Fließbänder,
durch filterdünne
Engpässe

So gelangen wir ins vierte Element: die Luft, Szenerie der neuen – und letzten – erotischen Parenthese, wo alle Sinne zusammenfließen, in der Bestätigung: »dein Körper sind die Körper des Augenblicks«. Abschließende Erkenntnis, die in der rechten Textspalte bestärkt wird und in ihrer höchsten Synthese am Ende des Zwischenspiels zum Ausdruck kommt: »die unwirklichkeit des erblickten / gibt wirklichkeit dem blick«! Die vier erotischen Gedichte in der linken Spalte und die vier Gedankendichtungen mittels erotisch-tellurischer Bilder in der rechen Spalte haben uns zu dieser Synthese geführt, nämlich zum archetypischen Thema des Erkennens als Reflex der Welt und der Welt als Reflex des Erkennens, so daß das in den Zwischenspielen Erworbene sich der allgemeinen Dynamik der Dichtung einverleibt, die sich mit diesem neuen Gewinn in der mittleren Spalte, welche jetzt als einzige übrig geblieben ist, fortsetzt.

So stellt sich der letzte Satz als die Resultante all dessen dar, was vorausgegangen ist. Wir befinden uns in einem konkreten Augenblick: in Indien. Der Dichter schreibt, während er die Schritte seiner Frau im Nebenzimmer hört. Es ist Nacht. Die Vögel kehren zum Baum Nim zurück, der von Trockenheit und Donner und Gewitter und Regen zu erzählen weiß. Dies ist die einzige – wenn wir dies so nennen wollen – Begebenheit, die »Weiß« auf der Ebene der Wirklichkeit von Tatsachen, außerhalb des zu Schreibenden, erzählt; eine »Begebenheit«, der sich nur die Erinnerung oder die Ahnung anderer, mit ihr in Beziehung stehender Ereignisse (wie Trockenperioden, Regen, Sturm, Liebesbegegnungen) überlagern. Aber der gebannte Augenblick, der Zeitpunkt der Gebanntheit, von dem »Weiß« ausgeht, ist eben dieser Moment in einer ruhigen Nacht mit einigen Schritten nebenan. Hier erscheinen in einem Satz der abschließenden Einheit wieder alle Themen der Dichtung: die Fähigkeit des Sich-Ergänzens der Gegensätze, die Beziehungen zwischen der Buchseite und der sichtbaren Welt, zwischen Sprache, Körper und Elementen

du bist nackt
wie eine Silbe
wie eine Flamme

zwischen Schweigen und Wort, zwischen Wirklichkeit und Unwirklichkeit, zwischen Wahrnehmung und phänomenologischer Erfahrung. Als Abschluß dieses Satzes des einheitlichen Zusammenfließens erscheinen hier, wenn auch nicht in der genau gleichen Ordnung, wie sie zuvor geboten wurde, alle Verse, die nach jedem Zwischenspiel als Wiederholung und Synthese der kontrapunktierten Gedichte in den Spalten links und rechts fungieren, ehe sie zur Fortsetzung der mittleren Spalte überleiteten. Verse wie »Leidenschaft mitleidende Glut«, »Die Transparenz ist alles, was bleibt«, »Die welt / bündel deiner bilder«, »die unwirklichkeit des erblickten / gibt wirklichkeit dem blick« erhalten durch ein Vorgehen, das der kombinatorischen Kunst des Raimundus Lullus nicht unähnlich ist, hier einen volleren Sinn, ohne denjenigen einzubüßen, den sie vordem schon hatten. Als ein Liebesgedicht ist »Weiß« zugleich eine Dichtung über die Erkenntnis und die poetische Sprache. Die erst spät sich einstellende Gebanntheit – eine Nacht in Indien, vor einem weißen Blatt, Schritte einer Frau im Nebenzimmer – ist nicht ein ewig flüchtiges Ziel, sondern viel eher die zentrale Triebfeder, der Mittelpunkt des sich entfaltenden und immer wieder um sich greifenden Wirbels, aus dem der Text besteht.

VI

»Von der Kladde zur Klarheit« ist wie »Sonnenstein« eine kreisförmige Dichtung, in welcher das Ende des Weges uns an den Anfang zurückführt. Und wie in »Weiß« führt der Weg vom Schweigen zum Schweigen, besser gesagt, vom andringenden oder nahegerückten Wort zum andringenden oder nahegerückten Wort. Dabei ist der Ausgangspunkt jener Zweifel, der den zeitgenössischen Schriftsteller peinigt: Was soll man schreiben? Oder, was dasselbe bedeutet: Was soll man sagen? Von dem Augenblick an, da das Gedicht aufhört, sich als künstlerisch gestaltete Darstellung eines vorgegebenen Themas zu verstehen (so verstand es noch Baudelaire, aber schon nicht mehr der späte Mallarmé oder der späte Rimbaud; so verstand es in unserem Jahrhundert noch Auden, jedoch nicht mehr Wallace Stevens im eigenständigsten Teil seines Werkes), in dem Moment, da der Dichter vor dem weißen Blatt ein Gedicht nicht mehr als eindeutig festgelegten Gebrauch der Sprache zur Beschreibung eines festgelegten Gegenstandes begreift, sondern die Sprache selbst als spezifisches Thema des Gedichts anerkennt, ist das zentrale Fragezeichen, das denjenigen, der schreibt, gleichzeitig anstachelt und lähmt, die eigentliche Materie seiner Schrift: die Gültigkeit der Sprache als Vehikel zum Ausdruck und zur Erkenntnis der Welt. Nach »Weiß« mußte dieses Problem zum Mittelpunkt werden, um den das Werk von Octavio Paz kreist. Wir wis-

sen, daß das Wort die Welt nennt; aber heißt denn »die Welt benennen« sie auch wirklich kennen?
Erkenntnis und Sprache – die Wirklichkeit der benannten Dinge, die Wirklichkeit der Handlung des Benennens, die Wirklichkeit desjenigen, der sie benennt – sind die zwei Pole, welche die Spannung in der Tätigkeit des Schreibens erzeugen. Wenn man so will, gibt es kein anderes Thema in »Von der Kladde zur Klarheit«, einem Gedicht, das uns schon in seinem Titel auf sein Vorhaben hinweist: Vom Schmierzettel spontanen Erlebens bis zur Taghelle des geschriebenen Ausdrucks, der sprachlichen Mitteilung, jenen verbalen Gegenstand – das Gedicht – empordringen zu lassen, ein Objekt, das nur existiert, weil das Gedicht geschrieben wurde, und keinerlei Existenzmöglichkeit auf einer anderen Ebene hat; ein Objekt, das nur zum Sein gelangt, wenn man es als Sprache formuliert, im Augenblick des Schreibens kristallisiert. Gerade dieser Augenblick ist die einzige tatsächliche Gebanntheit in »Von der Kladde zur Klarheit«; und es ist eine «augenblickliche Gebanntheit«. Denn das ganze Gedicht besteht aus komprimierten Augenblicken, die auf nichts anderes warten, als in der Reife eines großen Augenblicks – dem Augenblick des Schreibens – aufzubrechen. Es scheint, als wollte er nicht mehr aufhören, als wäre er, abgesondert als Momentaufnahme, der Gegenstand einer unendlicher Auflösung, bei der sich nacheinander eine ganze Abfolge von Augenblicken aufdeckt, die sich ihrerseits zu immer neuen Augenblicken auftun. Jeder Augenblick hat seine Kehrseite genau wie jedes Wort; und die ständige Spannung zwischen dem Gesagten und seiner Kehrseite verleiht »Von der Kladde zur Klarheit« seine außerordentliche Dichte. Die Aussage ist hier zwar nicht so weit gespannt wie in »Sonnenstein« und nicht so elliptisch wie in »Weiß«. Sie ist jedoch intensiver als in beiden Dichtungen, gehört »Von der Kladde zur Klarheit« doch in eine spätere Zeit. Es kommt vor, daß in einigen wenigen

Zeilen – manchmal in nur einer oder zwei – als einfache alternative Möglichkeit unter anderen – zusammengefaßt wird, was in »Sonnenstein« oder in »Weiß« eine der Achsen der ganzen Dichtung sein könnte und einer viel breiteren Ausführung bedarf. Deshalb – und nicht nur, weil weniger Jahre seit der Veröffentlichung dieses Werks verflossen sind – ist die durch »Von der Kladde zur Klarheit« vermittelte Erfahrung noch viel weiter davon entfernt, assimiliert und in ihrer vollen Tragweite in der zeitgenössischen Dichtung aufgegangen und in sie eingegliedert zu sein, als dies für »Sonnenstein« oder für »Weiß« zutrifft. Die Komplexität der Elemente und Bezüge in dieser kreisförmigen Dichtung ist immer noch wie eine Herausforderung, wie eine Zeitbombe, deren Wirkungen sich in den nächsten Jahren zeigen werden, da die unmittelbare Anerkennung ihrer Bedeutung, die zweifellos stattgefunden hat, durchaus nicht schon heißt, daß man sich auch ihre Fragestellungen zu eigen macht. Seitdem diese aber formuliert worden sind, haben gewisse Schreibformen ihre moralische Berechtigung für unsere Zeit eingebüßt, wenn sie sie weiterhin nicht beachten.

Als kreisförmiges Gedicht kehrt »Von der Kladde zur Klarheit« zu seinem Ausgangspunkt zurück. Die Strecke zwischen Anfang und Ende ist jedoch kein geradliniger Weg, wie er für »Sonnenstein« und »Weiß« aufgezeigt werden kann. Hier geht es gemäß Definition und wegen der zugrunde liegenden Problemstellung um ein freies und weit gefächertes Selbstgespräch. Das Gedicht hat seinen Ursprung im Augenblick des Schreibens:

> ... Dieses Jetzt, Brücke,
> ausgespannt zwischen Buchstabe und Buchstabe

Die Unmöglichkeit, diesen Augenblick prismatisch zu brechen – unmöglich deshalb, weil, wie wir gesehen haben, jedes einzelne Element sich auftut und weitere nachfolgende »momentane Gebanntheiten« gebiert –, faßt in den ersten sechsundzwanzig Versen das komplexe Spiel der Beziehungen zwischen Schrift, Wort, Welt und Erkenntnis zusammen, welches das Gedicht in Gange hält. In diesen Versen mit ihrer Andeutung einiger »Schritte«, die an sich schon ein mögliches Thema des Gedichts sein könnten, bleiben wir innerhalb des Bewußtseins des Dichters, der im Begriff ist, sich ans Schreiben zu machen. Alsdann vollzieht sich, wie in »Sonnenstein«, der Ausbruch ins Äußere, vergegenständlicht im Bild des Austritts aus der Stirn. Wir befinden uns in einem Patio, einem Innenhof (häufiger Schauplatz in der Dichtung von Paz, zum Beispiel auch in »Sonnenstein«, in »El mono gramático«) in einem bestimmten Moment zur Mittagszeit. Im Hof gibt es eine Esche, einen Garten und einen Brunnen, eine Mauer – möglicherweise die »Lehmwand«, gegen die der Banjan anstürmt. Der Dichter, der »zur Begegnung mit mir selbst« geht, wohnt in den Widersprüchen des Reflexes: Er ist eines der Bilder, das von einem Auge gesehen wird, und das gleichzeitig im Innern des Auges selbst lebt. Auf diese Weise vom Reflektiert-Sein zum Reflektieren übergehend – also von außen nach innen –, läßt sich der Dichter durch die Pendelbewegung, die ihn in den Hof gebracht hat, wieder zurückbringen und befindet sich von neuem in einem anderen Augenblick. (Dieser Übergang, wie auch die Mehrzahl der in der Dichtung auftretenden Übergänge, ist zu subtil, als daß man ihn hier befriedigend zusammenfassen könnte. Ich begnüge mich mit einer sehr summarischen Annäherung, die immer gegenüber dem Werk zurückbleibt).

Der neue Schauplatz ist diesmal keine Erinnerung an Indien, wie man beim vorhergehenden wegen des Banjans annehmen konnte, sondern ein Augenblick in Mexiko, in der Bibliothek, beim Durchblättern eines Buches im Lichte der Abenddämmerung: Das Äußere, die Landschaft, und das Innere, das Bild im Buche im rötlichen Schein der untergehenden Sonne, fließen in einer Überlagerung der mythischen Vergangenheit und der alltäglichen Gegenwart zusammen. Mit dem Umwenden des Blattes ist das Traumbild vorüber, und der Dichter bleibt allein mit der Landschaft, den Worten und den Fragen, die die Beziehungen zwischen dem Gesehenen und dem Akt des Nennens aufwerfen. Diese Fragen führen ihn abermals zum Schauplatz von vorhin: zum Innenhof, jetzt schon »Innenhof aus Wörtern«, und lassen flüchtig einige Tage aus der Schulzeit aufleben. Aber die Gegenwart des Feigenbaums bewirkt einen neuen Übergang von draußen nach drinnen: So wie wir ehedem im Innern des Auges gelebt haben, werden wir jetzt im Innern des Feigenbaumes leben, Ort des Zusammenflusses, der bevorzugten Gebanntheit des Augenblicks. Dieser Augenblick führt den Dichter sich selbst entgegen, aber auch zur wahren Schau des Ablaufs der äußeren Welt in den Stunden und den Jahreszeiten. Unterrichtet in dieser Schule der Erkenntnis, kann er jetzt einen ausgedehnten Streifzug in die Vergangenheit unternehmen: das vertraute Haus des Jünglingsalters, die Lesestunden, die Offenbarung der literarischen Sprache – Thema des ganzen Gedichtes –, einige Gestalten seiner Familie, das Zusammentreffen mit der Welt endlich und dabei – in den Körpern – die Entdeckung der Anderheit, ihr gegenüberstehend die Auflösung durch den Tod und die Verflüchtigung in Luft; im Gegensatz dazu der weltliche Bereich des Körperlichen und der Landschaft. So standen sich vorhin das Feuer der Abenddämmerung auf dem Buch und das vom Einbaum durchfurchte Wasser der Wellen in der mexikanischen Landschaft gegenüber. Auch hier hat das Zusammenspiel der vier traditionellen Elemente dieselbe Bedeutung wie in »Weiß«, obwohl dies nicht so sichtbar und in einer nicht so streng symmetrischen Form zutage tritt. Die Luft – die auch das »en blanco«, das Weiß des unbeschriebenen Blattes, ist – begünstigt das Auftauchen einer weiteren Kindheitserinnerung: der Erinnerung an den Tod eines Schmetterlings, Anklang an den Mythos der Psyche. So wie sich der Dichter vorher nach dem Sinn des Seins selbst im Übergang zum Tode gefragt hat, fragt er sich jetzt nach dem Sinn der sichtbaren Welt und bekommt darauf eine bedrängende tautologische Antwort: Der Solipsismus des Universums ». . . sagt, daß er uns sagt. / Und er sagt es sich selber . . .« Im Innern dieses geschlossenen Kreises bewohnen wir zwischen dem Wahrgenommenen und seiner Bedeutung eben denselben Raum wie im Schlußteil von »Sonnenstein«. So ist es logisch, daß der Dichter wie damals nach dem Sinn der Geschichte fragt. Mit einer beeindruckenden Fähigkeit zur Synthese baut hier Paz in zweiunddreißig Versen (es ist das Stück, das mit »Abgestürzt aus der Höhe der Minute« beginnt und mit »weder *ich bin*, noch *ich mehr*, sondern mehr Sein ohne Ich« endet) von einem anderen Ansatzpunkt aus wieder den Weg zur Erkenntnis in den anderen, der sich in »Sonnenstein« eröffnete; er geht aber noch weiter. Zwar sieht er die Geschichte als den ». . . Ort der Prüfung, ob man erkennt im Blutfleck auf dem Tuch / der Veronika das Gesicht des Andern / – immerzu ist der Andre unser Opfer«. Doch diese Schau der historischen Zeit, die wie in »Sonnenstein« in Wirklichkeit eine Schau der menschlichen Brüderlichkeit im Schmerz und im Tode ist, schließt für dieses Werk eine weitere Frage nicht aus, auch wenn die Geschichte hier durchaus diesen Sinn hat; und dies ist schon viel. Aber: ist da nicht noch ein anderer möglicher Sinn? Hier wird nach nichts anderem gefragt als nach einer möglichen metaphysischen Transzendenz.

Die Antwort, die Paz gibt – der Anklang an orientalisches Denken ist unverkennbar –, deutet auf die »Auflösung der Pronomen« hin. In der Tat scheint der Tod der einzige Ausweg zu sein und der Glaube an ein anderes Leben ausgeschlossen.

Der Ausweg geht, vielleicht, nach innen

Doch dieser Ausweg bedeutet ja auch Austritt aus der Geschichte, ja noch mehr: Austritt aus der Identität selbst. Denn jeder soll, in Umkehrung einer der Grundsätze des westlichen Denkens (es geht um die Aussage in Spinozas Ethik Teil 3, Lehrsatz 6), nicht ausharren im eigenen Sein, sondern von diesem ablassen; er vergesse das Ich (das Pronomen), löse sich auf, zugunsten von »mehr Sein ohne Ich«. Dies spielt sich nicht auf der Ebene der historischen Zeit ab, für die, wie wir gesehen haben, weiterhin die Antwort gilt, die schon in »Sonnenstein« gegeben wurde; hier handelt es sich um jene Ebene der menschlichen Erfahrung, auf die man, vom Geschichtlichen aus gesehen, keine Antwort geben kann. Was hier postuliert wird, ist eine »immanente Transzendenz«, falls dieser Ausdruck erlaubt ist. Es geht nicht um Transzendieren, damit man ein anderer sei, sondern um nicht zu sein; nicht um ein Transzendieren in eine andere Welt, sondern um ein Transzendieren, bei dem man schon nicht mehr in dieser Welt lebt, nichts anderes mehr ist als Welt, indem auf die Trennung zwischen Individualität und Welt verzichtet wird. Es ist dies die letzte Form der Erkenntnis, zu der man im Augenblick der Gebanntheit gelangen kann:

In der Mitte der Zeit gibt's keine Zeit mehr

Wiederum befinden wir uns im Innenhof, auf dem emblematischen Schauplatz der Gebanntheit des Augenblicks. Aber wir wissen jetzt, daß die Gebanntheit momentan ist, denn die Zeit existiert. Der Gegensatz Zeit – Gebanntheit ist jetzt die letzte Dualität, nach der der Dichter fragen muß. In der Gebanntheit des Augenblicks

. . . Die Zeit verstreicht,
ohne zu verstreichen. Sie geht und bleibt.
Vielleicht, obwohl wir alle vergehen, geht sie nicht
und bleibt nicht. Es gibt einen dritten Zustand.

Dieser dritte Zustand ist ohne Zweifel der Gewinn, das Mehr an Erkenntnis, das wir in »Von der Kladde zur Klarheit« erahnen:

Es gibt den dritten Zustand,
Sein ohne Sein, die leere Fülle

Hier sind wir frei vom Fluch und von den Fallen der Namen, von den Tücken der Sprache, denn »die Namen, die sie nennen, sagen: Nichts«. Diese Fülle ist es – der Dichter begreift es jetzt –, die wie ein unterirdischer Fluß schlängelnd, suchend, dieses Gespräch, das dem Gedicht zugrunde liegt, am Leben erhalten hat. Sie zeigte sich hinter dem Feigenbaum, hinter den Erinnerungen, hinter den Fragen nach der Sprache. Ihre flüchtige Gegenwart war unserem Blick entzogen, denn es handelt sich ja um einen »Gott ohne Körper, / mit körperlichen Sprachen / benannten es meine Sinne ...«. Der Dichter wollte also etwas mit seiner Sprache benennen, das dem Herrschaftsbereich der Sprache nicht angehört. Nachdem diese Wahrheit erkannt ist, diese Fülle sich erkennen ließ, muß auch die Gebanntheit, zu der man gelangt ist, eine Sache des Augenblicks sein; denn die Ekstase aus der Verbindung mit diesem »dritten Zustand«, mit diesem »Sein ohne Sein«, mit dieser »leeren Fülle« findet sich definitionsgemäß nicht im Bereich des Wortes, sondern in jenem des unaussprechlichen Lebens. Nun kehrt der Dichter wieder zu seiner Verdammnis zurück, zur Zeit, zur Sprache nämlich, die uns in flüchtigen Lichtblicken das Absolute erspähen, aber nicht darin verweilen läßt; schließlich kann sie ja nicht über eine gewisse Zone der Erkenntnis hinaus, die den Wörtern, den Namen, erreichbar ist. Darum muß auch dieses Gedicht kreisförmig sein: »Ich bin, wo ich gewesen ...«. Der Dichter hört wiederum die Schritte – Ahnung der Sprache – vom Anfang. Aber jetzt weiß er, der das unaussprechliche Absolute jenseits des Wortes gesehen hat, daß sogar das Erkennen seiner selbst sich im Circulus vitiosus der Sprache bewegt: »Bin der Schatten, den meine Worte werfen«. Da nun der höchste Grad der Erkenntnis erreicht ist, zu dem die Sprache gelangen kann, sagt »Von der Kladde zur Klarheit« uns den in den Zäunen des Wortes Eingesperrten, daß ein anderer Raum, der dem Worte entzogen ist, der wahre Ort der Gebanntheit ist. Wie jedes bedeutungsvolle Dichterwort verweist auch das von Paz auf eine Form der Erkenntnis jenseits des Wortes, obwohl wir vielleicht durch eben dieses dazu gelangt sind, jene Wahrheit in der Ferne zu erkennen.

VII

Im Unterschied zu »Sonnenstein«, »Weiß« und »Von der Kladde zur Klarheit« ist das »Nachtstück von San Ildefonso« – das letzte der hier vereinigten Gedichte, was das Erscheinungsdatum betrifft – noch nie als selbständige Veröffentlichung herausgekommen. Es erschien zum ersten Mal in »Vuelta« 1976, dem neuesten Buch von Paz, und ist einer der vier Vektoren – jeder einzelne ein ausgedehntes Gedicht –, die alle das Grundthema der Rückkehr des Dichters in seine Vaterstadt Mexiko behandeln und dem Buch ein durchgehendes Leitmotiv verleihen. Das »Nachtstück« ist das längste und komplexeste dieser vier Gedichte in »Vuelta« und bildet den Abschluß des Bandes. Beinahe zwanzig Jahre nach »Sonnenstein« läßt Paz, wieder nach Mexiko zurückgekehrt, das Durchlebte an sich vorüberziehen.

Der erste der vier Sätze, in die das »Nachtstück« streng gegliedert ist, will uns seinen Ausgangspunkt darlegen, der am Ende des vierten Satzes wiederum sein Zielpunkt sein wird; denn auch hier, wenn auch nicht genauso wie in anderen Gedichten, ist die Textstruktur kreisförmig. Das Thema des Gedichts ist sehr einfach und wird klar dargelegt: Eines Nachts in Mexiko betrachtet der Dichter die Stadt vom Fenster aus, während seine Frau schläft. Er denkt über die eigene Vergangenheit nach und über die Vergangenheit jener, die mit ihm sie durchlebt haben, und denkt dabei auch über den Sinn der Geschichte nach. Nach diesem Streifzug durch das Gestern und durch die Welt der Ideen

kehrt er alsbald zum konkreten, berührbaren Augenblick zurück, in dem er seine Wanderung angetreten hat. Es ist wiederum eine Art Reise: die Nacht, die schlafende Frau, das Zimmer. Während in »Weiß« die Schritte der Frau im Zimmer nebenan die einzige »Begebenheit« waren, als der Dichter schrieb, ist hier das einzige, was in der Gegenwart im Gedicht geschieht – der einzige in der Schrift festgehaltene effektive Augenblick –, diese Pause der Meditation in einem Augenblick der Nacht, nach welchem man in die Wirklichkeit zurückkehrt, um diese zu bejahen, das heißt, um die Gegenwart der Frau im ruhigen Zimmer zu bejahen.
So füllt die Beschreibung der durch das Fenster gesehenen nächtlichen Stadt beinahe den ganzen ersten Satz aus. Diese Nacht, bestirnt von Leuchtreklamen der großen Stadt, durchläuft nacheinander und in derselben Ordnung drei der Farben, wie sie auf der Wanderung der mittleren Spalte in »Weiß« vorkamen: »vom Gelb zum Grün zum Rot«. All dies ist zudem eine Metapher für die Sprache: »Hochspannungskalligraphie«; denn gewiß ist die Reklame, wenn auch sinnlos, doch ein Austausch von Zeichen. Da ist auch die Spannung der Gegensätze: »Himmel / Hölle« im Herzstück der Gebanntheit des Augenblicks, »auf der wandelhaften Haut des Augenblicks«. Jedenfalls haben wir es mit einem Scheinbild zu tun, trügerisch, eine Fiktion, wie es jede Sprache gegenüber der Spontaneität der Lebensäußerungen ist, die noch nicht in ihr formuliert sind und wie die industrielle Welt es ist in bezug auf die natürliche Welt und in bezug auf die Herrlichkeiten des mythischen Substrats, das im Geiste wohnt. Aber das Wesentliche im Gedicht ist die Gebanntheit; bleiben wir daher bei diesem Augenblick. Die Nacht schießt wie eine ferne Raketensalve ihre Zeichen empor. Sie sind Licht, und sie sind atomisierte Sprache: »Silbentrauben«, die sich zusammenfinden und sich auflösen, Weihrauch spendend und flüchtig in der Dunkelheit der Nacht. Plötzlich gehen wir von der rein

phänomenologischen Betrachtung zu einem Zustand der Erwartung dessen über, was uns da bevorsteht: »ich bin am Eingang eines Tunnels«. Wir kennen diesen Zustand: es ist derjenige des Vorgefühls der Epiphanie am Anfang von »Sonnenstein«; es ist das Andringen der Sprache, womit »Weiß« eröffnet wird; es ist das Geräusch der Schritte, der Drehpunkt, um den »Von der Kladde zur Klarheit« sich bewegten. Jetzt verschließt der Dichter seine Augen vor dem äußeren Schauspiel der nächtlichen Reklame vor seinem Fenster, um sie für das innere Schauspiel, das vor seinem Geiste abrollt, zu öffen. Darin hat sich »Lichtzeichen über dem Augenblick« als Metapher für »die Nacht in der Stadt« in das Bild der Buchstaben auf der weißen Seite verwandelt (in der Realität entspricht das wohl den Farbgebilden, die vor den Augen tanzen, wenn nach dem Betrachten der erleuchteten Nacht die Lider geschlossen werden). Jetzt wimmeln die Zeichen auf dieser Seite, die vor kurzen noch nichts und leer war. Die Zeichen bevölkern den Sinn des Dichters. Es ereignet sich der charakteristische Sturz: Der Dichter fällt aus der gewöhnlichen Wirklichkeit in sich hinein – Augenblick des Übergangs, der das Gedicht trägt, wie der Sturz aus der Stirn in »Sonnenstein«. Es ist ein stiller Fall in der Gebanntheit des Augenblicks (»ich falle ohne zu fallen«), nicht ein Gehen von da nach dort, viel eher ein Innehalten und ein Sich-Versenken in einen bestimmten Punkt, der das sprechende Individuum buchstäblich seines üblichen Seins entblößt und es dem Beschuß durch die Zeichen der in Bewegung geratenen Sprache aussetzt: »mich friert an den Händen, friert an den Füßen, / doch die Alphabete brennen, brennen«. Schon befinden wir uns in der reinen und nackten Unmittelbarkeit dessen, was der eigentliche Stoff des Gedichtes sein wird; vor der Offenbarung nämlich, die uns im Innersten der Gebanntheit jenes Augenblicks in der Nacht zuteil werden wird. »Was will sie?« wird der Dichter fragen und dabei an diese Nacht denken.

Diese Frage beschließt den ersten Satz. Der zweite wird Antwort geben.

Ein Straßenbild: »Mexiko um 1931«. Ebenfalls in der Nacht. Es ist kein Bild, das der Wirklichkeit entspricht, denn es ist eine Abfolge von »Erscheinungen« in der Erinnerung: die Erinnerung an die Zeitungsjungen wird wach. Er sieht sie zum Beispiel als Spatzen, die mit den Zeitungen, die sie nicht verkauft haben, ein Nest bauen. Es ist ein Bild, das dem Geist der »Greguerias« von Ramón Gómez de la Serna oder dem Creacionismo von Gerardo Diego und Vicente Huidobro nicht ganz unähnlich ist. Diese kurze Einblendung aus der Zeit der Avantgarde – sie entspricht dem ästhetischen Klima in der Epoche, auf das dieser Teil des Gedichts anspielt – kontrastiert scharf mit der brutalen Härte anderer Einzelheiten und mit dem nervalschen, phantastischen Bild – kaum andeutungsweise aufgezeigt – jener Frau, die in der Nacht vorübergeht und wiederum in die romantische und surrealistische Welt zurückführt. Aber die Anspielung auf die Straßen von damals hat ihre Aufgabe erfüllt: uns in einen bestimmten Raum und in eine bestimmte Zeit zu versetzen; und schon wechseln wir zur eigentlichen Hauptszenerie des Gedichtes über: in die Schule von San Ildefonso, ins alte Jesuitenkolleg, das die koloniale Architektur des Barocks und die kreolische Welt von Neu-Spanien in Erinnerung ruft, den ganzen Niedergang und den Glanz einer Vergangenheit, von der die Gebäude zeugen. Aber der Blick des Dichters geht weiter:

Diese Straßen waren Kanäle.
in der Sonne
waren Silber die Häuser:
eine Stadt, festlich und festgefügt ...

Dies ist nicht das Neu-Spanien aus der Zeit der Vize-Könige, auch nicht die kreolische Welt, sondern Mexiko, das Hernán

Cortés und seine Gefolgsleute sahen, das Mexiko, das sich vor den erstaunten Augen der spanischen Soldaten auftat. Einer von ihnen, Bernal Díaz del Castillo, hinterließ uns den Bericht über diese Tage des Staunens und der Trunkenheit, über den Eintritt in das, was buchstäblich eine andere Welt war. Wir stehen auf der Plaza del Zócalo in Mexiko. Cortés sah diesen Zócalo. Doch die Vergangenheit, die jetzt vor uns auftaucht, ist nicht die entfernte Vergangenheit der Stadt, sondern – wie im Straßenbild am Anfang dieses Satzes – eine nahe Vergangenheit, alltäglich und doch schon schmerzlich weit weg: die Jugend des Dichters. Ein Jüngling hat jünglingshafte Helden: den Aljoscha Karamassov von Dostojevski, Julien Sorel von Stendhal; Helden, wohlbemerkt, die darüber hinaus Ideologen und Polemiker sind. Wie seine Helden so ist auch der Jüngling ein Ideologe und polemisiert mit anderen jungen Leuten: In ihrer Diskussion und ihrem Dialog bauen sie Gedanken-Städte, die nicht weniger wirklich sind als die Stadt, in der sie leben. Das Zick-Zack der Scheinwerfer eines Autos erinnert an die »S-Schleifen und Z-Kurven«; denn die gesehene Stadt ist sowohl die reale wie die erdachte Stadt der jugendlichen Kontroversen. Sie ist Idee und Schrift, ja noch mehr, denn jetzt, als Vergangenheit gesehen, vergeht sie in ihrer physischen Wirklichkeit nicht: »Hier / auf dieser Seite: versteinerte Buchstaben«. Der Augenblick von ehedem – die Diskussion auf dem Zócalo – ist der Augenblick von jetzt: Die Gebanntheit auf der Seite, die stillstehende Zeit des Gedichts.
Von da her mag sich nun – vom Beginn des dritten Satzes an – die volle und ausdrückliche Übereinstimmung zwischen dem Jüngling und dem Mann ergeben: dem Jüngling, der den im Gedicht wiedererweckten Augenblick erlebte (es ist der Augenblick einer Nacht von gestern, gelebt in einer Nacht von heute) und dem Mann, der eigentlich nicht jenen Augenblick, sondern jenen Jüngling beschreibt, letzten Endes sich selbst. Umgekehrt: »diese

Seite / ist auch ein Gang durch die Nacht«. Wir leben in der Zeit des Gedichts, in der Zeit der Erinnerung, die ihrerseits zur Gegenwart geworden ist. Was jetzt folgt, die vierundzwanzig Verse von »das Gute, wir wollten das Gute« bis ». . . Verzauberungen und . . . Verwirrungen« ist eine Bearbeitung jenes Themas von eindrücklicher Heftigkeit, das schon im letzten Abschnitt von »Sonnenstein« behandelt wurde, da, wo in den Gedankengängen über die Geschichte zeitgenössische Geschehnisse zur Sprache kamen: die paradoxe Tragik der revolutionären Ideen, mit deren Hilfe man das Paradies auf Erden errichten will und die Hölle erbaut. In der Perspektive, in der sie hier geboten wird, ist diese Geschichte vor allem die Geschichte der Hoffnung auf die marxistische Revolution, schmählich verraten durch die menschliche Schwäche und die Versuchung des autoritären Dogmatismus; eine Geschichte, die Männer aus der Generation vor Paz gelebt haben (André Breton, Stephen Spender oder Luis Cernuda) und die für die Generation unseres Dichters entscheidend war, welche in voller Jugend den spanischen Bürgerkrieg, den deutsch-sowjetischen Pakt, den Weltkrieg und Stalins Entlarvung erlebte. Zudem ist es eine Geschichte, die noch nicht zu Ende ist, die in verschiedenen Formen, sei es auf seiten der Macht sei es außerhalb ihrer, in intellektuellen Kreisen oder im Rahmen politischer Parteien heute allenthalben in unserer Welt weitergeht. So wird die Frage nach dem Bösen in der Welt in »Sonnenstein« allgemein und hier im besonderen gestellt: sie betrifft jene besondere Form des Bösen in der Welt, welche durch das Scheitern der Ideale der Gerechtigkeit zum Ausdruck kommt. Diese sind zu einem zweischneidigen Schwert geworden, das sowohl denjenigen trifft, der es führt, als auch jene, die es zu schützen vorgibt. Diese spezifische Form des Bösen in der Welt ist deshalb möglich, weil die abstrakten Ideen den Platz des konkreten Menschen eingenommen haben; weil der Rationalismus, eine Maske des Bösen, den wahren Humanismus überspielt.

die Wahrheit ist das ...
was die Geschichte mißachtet:
der Alltag
– anonymer Herzschlag von allen,
einzigartiger
Herzschlag von jedem einzelnen –,
der unwiederholbare
Jedertag, identisch mit allen Tagen.

Nun, die Wahrheit ist nicht in der Idee, sondern im konkreten Menschen, nicht in der Zeitlichkeit der Geschichte, die rein abstrakt ist, sondern in der Zeitlichkeit des Augenblicks, identisch mit dem allgemeinen Substrat, das unter der Geschichte weiterlebt:

die Wahrheit
ist der Grund der Zeit ohne Geschichte
das heißt
Das Gewicht
des Augenblicks ohne die Last der Wichtigkeit ...
zum Beispiel dieser Augenblick:
ein paar besonnte Steine
vor langer Zeit schon gesehen und heute wiederkehrend

Das Hier und Jetzt der Gegenwart, in der die Geschichte für die Menschen Bedeutung erlangt, ist der Ort, an dem das Gedicht uns wohnen heißt. Das Festhalten des Augenblicks, die eigentliche Bestimmung des Gedichts, hat zum Gegenstand – jetzt werden wir es gewahr –, diese »ewige Gegenwart« für uns bewohnbar zu machen (ein Ausdruck, der in einem anderen Gedicht von Paz, »Viento Entero«, erscheint), in der die Dichtung, während sie

die Auferstehung der Erscheinungen

verwirklicht, den Weg eröffnet zur

Geschichte,

verwandelt in die Wahrheit der undatierten Zeit,
nämlich immer dann, wenn sie, indem sie einen Augenblick festhält, ihn gebannt im Geiste wiedererleben läßt, ermöglicht das Schauen

der Ruhe in der Bewegung,

des Übergangs

in der Ruhe.

Im Gegensatz zur Geschichte – Weg, Ort des Kommens und Gehens – ist das Gedicht

nicht ein Weg zu dem oder jenem ...

Verwundert über die Gebanntheit des Augenblicks, scharf abgetrennt vom Abgrund der Zeit, läßt uns die Dichtung unsere tiefste menschliche Verbrüderung erfahren »Brüderlichkeit über der Leere«. Mit dieser Form der Erkenntnis, mit dieser grundlegenden Errungenschaft verweilt der Dichter am Anfang des vierten und letzten Satzes allein mit seinen Erinnerungen, die in der Sprache als Dichtung lebendig geworden sind. Er kehrt nun zum Ausgangspunkt, den Lichtreklamen in der Nacht, zurück. In diesem Panorama steigt indessen eine neue Gegenwart auf: der Mond. Er erfüllt mit seinem weißen Licht das Zimmer und beleuchtet den Körper der schlafenden Frau des Dichters. Hier nun ist endlich ein Augenblick, ein Raum, wo die Wahrheit wohnt: der Atem der schlafenden Frau, das Zimmer, so handgreifliche Gegenstände wie – es sind kaum einige Sekunden vergangen – jener andere Schauplatz, den der Dichter mit geschlossenen Augen sah.

Die Wahrheit

ist der Wellengang eines Atems,

die Gesichte, die zwei geschlossene Augen schauen ...

Schwankend zwischen diesen beiden Augenblicken – wie der Himmel, der, das Kommen des neuen Tages ahnend, im Fenster zwischen dem Mondlicht und dem Licht der Dämmerung schwankt – kann der Dichter, wenn er von neuem die Augen schließt, fragend, die Ankündigung des Todes erfühlen als einen Sprung aus der Zeit, als ein

Hinabstürzen
von der Höhe dieser Stunde ...

Er öffnet indessen die Augen. Er ist in seinem Zimmer, gebadet im milchigen Sande des Mondes. Hell wie dieser fließt und flutet der Atem der Frau. Der Dichter verläßt das Fenster und kehrt zum »gelassenen Fließen« eines Gemeinschaft verheißenden Atems zurück, um darin zu wohnen. Die Dankbarkeit für das geliebte Wesen ist, wie das Gedicht, die Pforte zum Augenblick, wo die Wahrheit wohnt. Die Erfahrung, die Paz im Gedicht durchlebt, bedeutet für uns alle eine Zuwendung zum Wahren. Es hat sich gelohnt, den gespannten und glühenden Augenblick des Gedichts zu erleben, um zu diesem gleichmäßigen Atem zurückzukehren.

Übersetzung: Gottfried Bühler

Inhalt

edition suhrkamp
Eine Auswahl

Abelshauser: Wirtschaftsgeschichte der Bundesrepublik Deutschland 1945-1980. NHB. es 1241
Achebe: Okonkwo oder Das Alte stürzt. es 1138
Adorno: Eingriffe. es 10
– Gesellschaftstheorie und Kulturkritik. es 772
– Kritik. es 469
– Ohne Leitbild. es 201
– Stichworte. es 347
Bachtin: Die Ästhetik des Wortes. es 967
Barthes: Kritik und Wahrheit. es 218
– Leçon/Lektion. es 1030
– Mythen des Alltags. es 92
– Semiologisches Abenteuer. es 1441
– Die Sprache der Mode. es 1318
Beck: Gegengifte. es 1468
– Die Erfindung des Politischen. es 1780
– Risikogesellschaft. es 1365
Becker: Warnung vor dem Schriftsteller. es 1601
Beckett: Endspiel. Fin de Partie. es 96
– Flötentöne. es 1098
Benjamin: Das Kunstwerk im Zeitalter seiner technischen Reproduzierbarkeit. es 28
– Moskauer Tagebuch. es 1020
– Das Passagen-Werk. es 1200
– Versuche über Brecht. es 172
Bernecker: Sozialgeschichte Spaniens im 19. und 20. Jahrhundert. NHB. es 1540
Bernhard: Der deutsche Mittagstisch. es 1480
Biesheuvel: Schrei aus dem Souterrain. es 1179
Bildlichkeit. Hg. von V. Bohn. es 1475
Bleisch: Viertes Deutschland. es 1719
Bloch für Leser der neunziger Jahre. es 1827
Bloch: Abschied von der Utopie? es 1046
– Kampf, nicht Krieg. es 1167
Boal: Theater der Unterdrückten. es 1361
Böhme, G.: Natürliche Natur. es 1680
Böhme, H.: Prolegomena zu einer Sozial- und Wirtschaftsgeschichte Deutschlands im 19. und 20. Jahrhundert. es 253
Bohrer: Die Kritik der Romantik. es 1551
– Der romantische Brief. es 1582
Bond: Gesammelte Stücke. 2 Bde. es 1340
Botzenhart: Reform, Restauration, Krise. NHB. es 1252
Boullosa: Sie sind Kühe, wir sind Schweine. es 1866
Bourdieu: Rede und Antwort. es 1547
– Soziologische Fragen. es 1872
Bovenschen: Die imaginierte Weiblichkeit. es 921
Brandão: Kein Land wie dieses. es 1236
Brasch: Frauen. Krieg. Lustspiel. es 1469
– Lovely Rita. Rotter. Lieber Georg. es 1562

316/1/6.93

edition suhrkamp
Eine Auswahl

Braun: Böhmen am Meer. es 1784
– Verheerende Folgen mangelnden Anscheins innerbetrieblicher Demokratie. es 1473
Brecht: Der aufhaltsame Aufstieg des Arturo Ui. es 144
– Aufstieg und Fall der Stadt Mahagonny. es 21
– Ausgewählte Gedichte. es 86
– Baal. es 170
– Buckower Elegien. es 1397
– Die Dreigroschenoper. es 229
– Furcht und Elend des Dritten Reiches. es 392
– Die Geschäfte des Herrn Julius Caesar. es 332
– Die Gesichte der Simone Machard. es 369
– Die Gewehre der Frau Carrar. es 219
– Der gute Mensch von Sezuan. es 73
– Die heilige Johanna der Schlachthöfe. es 113
– Herr Puntila und sein Knecht Matti. es 105
– Der kaukasische Kreidekreis. es 31
– Leben des Galilei. es 1
– Leben Eduards des Zweiten von England. es 245
– Mann ist Mann. es 259
– Die Mutter. es 200
– Mutter Courage und ihre Kinder. es 49
– Der Ozeanflug. Die Horatier und die Kuratier. Die Maßnahme. es 222
– Schweyk im zweiten Weltkrieg. es 132
– Die Tage der Commune. es 169
– Trommeln in der Nacht. es 490
– Über Politik auf dem Theater. es 465
– Das Verhör des Lukullus. es 740
Brecht für Leser der neunziger Jahre. Hg. von S. Unseld. es 1826
Brunkhorst: Der Intellektuelle im Land der Mandarine. es 1403
Bubner: Ästhetische Erfahrung. es 1564
– Zwischenrufe. Aus den bewegten Jahren. es 1814
Buch: Der Herbst des großen Kommunikators. es 1344
– Die Nähe und die Ferne. es 1663
– Waldspaziergang. es 1412
Bürger: Theorie der Avantgarde. es 727
Burkhardt: Der Dreißigjährige Krieg 1618-1648. NHB. es 1542
Butler: Das Unbehagen der Geschlechter. es 1722
Celan: Ausgewählte Gedichte. Zwei Reden. es 262
Cortázar: Letzte Runde. es 1140
– Das Observatorium. es 1527
– Reise um den Tag in 80 Welten. es 1045
Dedecius: Poetik der Polen. es 1690
Dekonstruktiver Feminismus. Hg. von B. Vinken. es 1678
Deleuze: Logik des Sinns. es 1707
– Verhandlungen. es 1778

316/2/6.93

edition suhrkamp
Eine Auswahl

Denken, das an der Zeit ist. Hg. von F. Rötzer. es 1406
Derrida: Das andere Kap. Die aufgeschobene Demokratie. es 1769
– Gesetzeskraft. es 1645
Dieckmann: Glockenläuten und offene Fragen. es 1644
– Vom Einbringen. es 1713
Digitaler Schein. Hg. von F. Rötzer. es 1599
Dinescu: Exil im Pfefferkorn. es 1589
Ditlevsen: Sucht. es 1009
– Wilhelms Zimmer. es 1076
Dorst: Toller. es 294
Drawert: Spiegelland. es 1715
Dröge / Krämer-Badoni: Die Kneipe. es 1380
Duerr: Traumzeit. es 1345
Duras: Eden Cinéma. es 1443
– La Musica Zwei. es 1408
– Sommer 1980. es 1205
– Vera Baxter oder Die Atlantikstrände. es 1389
Eco: Zeichen. es 895
Ehmer: Sozialgeschichte des Alters. NHB. es 1541
Eich: Botschaften des Regens. es 48
Elias: Humana conditio. es 1384
Norbert Elias über sich selbst. es 1590
Engler: Die zivilisatorische Lükke. es 1772
Enzensberger: Blindenschrift. es 217
– Einzelheiten I. es 63
– Einzelheiten II. es 87
– Die Furie des Verschwindens. es 1066
– Landessprache. es 304
– Palaver. es 696
– Das Verhör von Habana. es 553
Eppler: Kavalleriepferde beim Hornsignal. es 1788
Erste Einsichten. Hg. von Ch. Döring und H. Steinert. es 1592
Esser: Gewerkschaften in der Krise. es 1131
Evans: Im Schatten Hitlers? es 1637
Ewald: Der Vorsorgestaat. es 1676
Federman: Surfiction: Der Weg der Literatur. es 1667
Feminismus. Inspektion der Herrenkultur. Hg. von L. F. Pusch. es 1192
Fernández Cubas: Das geschenkte Jahr. es 1549
Feyerabend: Erkenntnis für freie Menschen. es 1011
– Wissenschaft als Kunst. es 1231
Fortschritte der Naturzerstörung. Hg. von R. P. Sieferle. es 1489
Foucault: Psychologie und Geisteskrankheit. es 272
– Raymond Roussel. es 1559
Denken und Existenz bei Michel Foucault. Hg. von W. Schmid. es 1657
Spiele der Wahrheit. Hg. von F. Ewald und B. Waldenfels. es 1640
Frank: Einführung in die frühromantische Ästhetik. es 1536
– Gott im Exil. es 1506
– Der kommende Gott. es 1142

316/3/6.93

edition suhrkamp
Eine Auswahl

316/4/6.93

edition suhrkamp
Eine Auswahl

Hodjak: Franz, Geschichtensammler. es 1698
– Siebenbürgische Sprechübung. es 1622
Holbein: Der belauschte Lärm. es 1643
– Ozeanische Sekunde. es 1771
– Samthase und Odradek. es 1575
Huchel: Gedichte. es 1828
Irigaray: Speculum. es 946
Jahoda / Lazarsfeld / Zeisel: Die Arbeitslosen von Marienthal. es 769
Jansen: Reisswolf. es 1693
Jasper: Die gescheiterte Zähmung. NHB. es 1270
Jauß: Literaturgeschichte als Provokation. es 418
Johnson: Begleitumstände. es 1820
– Das dritte Buch über Achim. es 1819
– Der 5. Kanal. es 1336
– Ingrid Babendererde. es 1817
– Jahrestage 1. es 1822
– Jahrestage 2. es 1823
– Jahrestage 3. es 1824
– Jahrestage 4. es 1825
– Mutmassungen über Jakob. es 1818
– Porträts und Erinnerungen. es 1499
– Versuch, einen Vater zu finden. Marthas Ferien. es 1416
Über Uwe Johnson. es 1821
Jones: Frauen, die töten. es 1350
Joyce: Finnegans Wake. es 1524
– Penelope. es 1106
Judentum im deutschen Sprachraum. Hg. von K. E. Grözinger. es 1613
Junior: Jorge, der Brasilianer. es 1571
Kenner: Ulysses. es 1104
Kiesewetter: Industrielle Revolution in Deutschland 1815-1914. NHB. es 1539
Kipphardt: In der Sache J. Robert Oppenheimer. es 64
Kirchhoff: Body-Building. es 1005
Kluge, A.: Gelegenheitsarbeit einer Sklavin. es 733
– Lernprozesse mit tödlichem Ausgang. es 665
– Schlachtbeschreibung. es 1193
Kluge, U.: Die deutsche Revolution 1918/1919. NHB. es 1262
Köhler: Deutsches Roulette. es 1642
Koeppen: Morgenrot. es 1454
Kolbe: Bornholm II. es 1402
– Hineingeboren. es 1110
Konrád: Antipolitik. es 1293
– Die Melancholie der Wiedergeburt. es 1720
– Stimmungsbericht. es 1394
Krechel: Mit dem Körper des Vaters spielen. es 1716
Krippendorff: Politische Interpretationen. es 1576
– Staat und Krieg. es 1305
– »Wie die Großen mit den Menschen spielen.« es 1486
Kristeva: Fremde sind wir uns selbst. es 1604

316/5/6.93

edition suhrkamp
Eine Auswahl

Kristeva: Geschichten von der Liebe. es 1482
– Die Revolution der poetischen Sprache. es 949
Kritische Theorie und Studentenbewegung. es 1517
Kroetz: Bauern sterben. es 1388
– Bauerntheater. es 1659
– Furcht und Hoffnung der BRD. es 1291
– Mensch Meier. Der stramme Max. Wer durchs Laub geht … es 753
– Nicht Fisch nicht Fleisch. Verfassungsfeinde. Jumbo-Track. es 1094
– Oberösterreich. Dolomitenstadt Lienz. Maria Magdalena. Münchner Kindl. es 707
– Stallerhof. Geisterbahn. Lieber Fritz. Wunschkonzert. es 586
Krynicki: Wunde der Wahrheit. es 1664
Laederach: Fahles Ende kleiner Begierden. es 1075
– Der zweite Sinn. es 1455
Lang / McDannell: Der Himmel. es 1586
Lehnert: Sozialdemokratie zwischen Protestbewegung und Regierungspartei 1848-1983. NHB. es 1248
Lem: Dialoge. es 1013
Lenz, H.: Leben und Schreiben. es 1425
Leroi-Gourhan: Die Religionen der Vorgeschichte. es 1073
Leutenegger: Lebewohl, Gute Reise. es 1001
– Das verlorene Monument. es 1315
Lévi-Strauss: Das Ende des Totemismus. es 128
– Mythos und Bedeutung. es 1027
Die Listen der Mode. Hg. von S. Bovenschen. es 1338
»Literaturentwicklungsprozesse«. Die Zensur der Literatur in der DDR. Hg. von E. Wichner und H. Wiesner. es 1782
Llamazares: Der gelbe Regen. es 1660
Löwenthal: Mitmachen wollte ich nie. es 1014
Lüderssen: Der Staat geht unter – das Unrecht bleibt? es 1810
Lukács: Gelebtes Denken. es 1088
Maeffert: Bruchstellen. es 1387
de Man: Die Ideologie des Ästhetischen. es 1682
Marcus: Umkehrung der Moral. es 903
Marcuse: Ideen zu einer kritischen Theorie der Gesellschaft. es 300
Maruyama: Denken in Japan. es 1398
Mattenklott: Blindgänger. es 1343
Mayer: Gelebte Literatur. es 1427
– Versuche über die Oper. es 1050
Mayröcker: Magische Blätter. es 1202
– Magische Blätter II. es 1421
– Magische Blätter III. es 1646
Meckel: Von den Luftgeschäften der Poesie. es 1578

316/6/6.93

edition suhrkamp
Eine Auswahl

Medienmacht im Nord-Süd-Konflikt. Friedensanalysen Bd. 18. es 1166
Menninghaus: Paul Celan. es 1026
Menzel / Senghaas: Europas Entwicklung und die Dritte Welt. es 1393
Millás: Dein verwirrender Name. es 1623
Miłosz: Zeichen im Dunkel. es 995
Mitscherlich: Krankheit als Konflikt. es 164
– Die Unwirtlichkeit unserer Städte. es 123
Mitterauer: Sozialgeschichte der Jugend. NHB. es 1278
Möller: Vernunft und Kritik. NHB. es 1269
Morshäuser: Hauptsache Deutsch. es 1626
Moser: Besuche bei den Brüdern und Schwestern. es 1686
– Eine fast normale Familie. es 1223
– Der Psychoanalytiker als sprechende Attrappe. es 1404
– Romane als Krankengeschichten. es 1304
Muschg: Literatur als Therapie? es 1065
Mythos ohne Illusion. es 1220
Mythos und Moderne. es 1144
Nakane: Die Struktur der japanischen Gesellschaft. es 1204
Negt / Kluge: Geschichte und Eigensinn. es 1700
Ngũgĩ wa Thiong'o: Der gekreuzigte Teufel. es 1199
Nizon: Am Schreiben gehen. es 1328
Nooteboom: Berliner Notizen. es 1639
– Wie wird man Europäer? es 1869
Oehler: Pariser Bilder I (1830-1848). es 725
– Ein Höllensturz der Alten Welt. es 1422
Oppenheim: Husch, husch, der schönste Vokal entleert sich. es 1232
Oz: Politische Essays. es 1876
Paetzke: Andersdenkende in Ungarn. es 1379
Paz: Der menschenfreundliche Menschenfresser. es 1064
– Suche nach einer Mitte. es 1008
– Zwiesprache. es 1290
Petri: Schöner und unerbittlicher Mummenschanz. es 1528
Plenzdorf: Zeit der Wölfe. Ein Tag, länger als das Leben. es 1638
Politik der Armut und die Spaltung des Sozialstaats. Hg. von S. Leibfried und F. Tennstedt. es 1233
Politik ohne Projekt? Hg. von S. Unseld. es 1812
Powell: Edisto. es 1332
– Eine Frau mit Namen Drown. es 1516
Ein Pronomen ist verhaftet verhaftet worden. Hg. von E. Wichner. es 1671
Pusch: Alle Menschen werden Schwestern. es 1565
– Das Deutsche als Männersprache. es 1217

316/7/6.93

edition suhrkamp
Eine Auswahl

Raimbault: Kinder sprechen vom Tod. es 993
Rakusa: Steppe. es 1634
Reichert: Vielfacher Schriftsinn. es 1525
Ribeiro, D.: Unterentwicklung, Kultur und Zivilisation. es 1018
Ribeiro, J. U.: Sargento Getúlio. es 1183
Rodinson: Die Araber. es 1051
Rohe: Wahlen und Wählertraditionen in Deutschland. es 1544
Rosenboom: Eine teure Freundschaft. es 1607
Rosenlöcher: Die verkauften Pflastersteine. es 1635
– Die Wiederentdeckung des Gehens beim Wandern. es 1685
Roth: Die einzige Geschichte. es 1368
– Das Ganze ein Stück. es 1399
– Krötenbrunnen. es 1319
– Die Wachsamen. es 1614
Rubinstein: Sterben kann man immer noch. es 1433
Rühmkorf: agar agar – zaurzaurim. es 1307
Russell: Probleme der Philosophie. es 207
Schedlinski: die rationen des ja und des nein. es 1606
Schindel: Ein Feuerchen im Hintennach. es 1775
– Geier sind pünktliche Tiere. es 1429
– Im Herzen die Krätze. es 1511
Schleef: Die Bande. es 1127
Schöne Aussichten. Hg. v. Ch. Döring und H. Steinert. es 1593
Schönhoven: Die deutschen Gewerkschaften. NHB. es 1287
Schröder: Die Revolutionen Englands im 17. Jahrhundert. NHB. es 1279
Das Schwinden der Sinne. Hg. von D. Kamper und Ch. Wulf. es 1188
Segbers: Der sowjetische Systemwandel. es 1561
Senghaas: Europa 2000. es 1632
– Friedensprojekt: Europa. es 1717
– Konfliktformationen im internationalen System. es 1509
– Die Zukunft Europas. es 1339
Sieferle: Die Krise der menschlichen Natur. es 1567
Simmel: Schriften zur Philosophie und Soziologie der Geschlechter. es 1333
Sloterdijk: Der Denker auf der Bühne. es 1353
Sloterdijk: Eurotaoismus. es 1450
– Kopernikanische Mobilmachung und ptolemäische Abrüstung. es 1375
– Kritik der zynischen Vernunft. es 1099
– Versprechen auf Deutsch. es 1631
– Weltfremdheit. es 1781
Söllner: Kopfland. Passagen. es 1504
Staritz: Geschichte der DDR 1949-1985. NHB. es 1260
Steinwachs: G-L-Ü-C-K. es 1711
Stichworte zur ›Geistigen Situation der Zeit‹. 2 Bde. Hg. von J. Habermas. es 1000

316/8/6.93

edition suhrkamp
Eine Auswahl

Streeruwitz: New York. New York. Elysian Park. es 1800
– Waikiki-Beach. Sloane Square. es 1786
Struck: Kindheits Ende. es 1123
– Klassenliebe. es 629
Szondi: Theorie des modernen Dramas. es 27
Techel: Es kündigt sich an. es 1370
Thiemann: Schulszenen. es 1331
Thompson: Die Entstehung der englischen Arbeiterklasse. es 1170
Thränhardt: Geschichte der Bundesrepublik Deutschland. NHB. es 1267
Todorov: Die Eroberung Amerikas. es 1213
Treichel: Liebe Not. es 1373
Tugendhat: Ethik und Politik. es 1714
Vargas Llosa: Gegen Wind und Wetter. es 1513
– La Chunga. es 1555
Vernant: Die Entstehung des griechischen Denkens. es 1150
Veyne: Foucault: Die Revolutionierung der Geschichte. es 1702
Vor der Jahrtausendwende: Berichte zur Lage der Zukunft. Hg. von P. Sloterdijk. es 1550
Walser: Ein fliehendes Pferd. es 1383
– Geständnis auf Raten. es 1374
– Selbstbewußtsein und Ironie. es 1090
– Über Deutschland reden. es 1553
– Wie und wovon handelt Literatur. es 642
Weiss: Abschied von den Eltern. es 85
– Die Ästhetik des Widerstands. es 1501
– Fluchtpunkt. es 125
– Das Gespräch der drei Gehenden. es 7
– Notizbücher 1960-1971. es 1135
– Notizbücher 1971-1980. es 1067
– Rapporte. es 276
– Rapporte 2. es 444
– Rekonvaleszenz. es 1710
– Der Schatten des Körpers des Kutschers. es 53
– Stücke I. es 833
– Stücke II. 2 Bde. es 910
– Verfolgung ... Marat/Sade. es 68
Sinclair (P. Weiss): Der Fremde. es 1007
Die Wiederkehr des Körpers. Hg. von D. Kamper und Ch. Wulf. es 1132
Wippermann: Europäischer Faschismus im Vergleich 1922-1982. NHB. es 1245
Wirz: Sklaverei und kapitalistisches Weltsystem. NHB. es 1256
Wittgenstein: Tractatus logico-philosophicus. es 12
Zoll: Alltagssolidarität und Individualismus. es 1776
Der Zusammenbruch der DDR. Hg. von H. Joas und M. Kohli. es 1777

316/9/6.93